在煮沸的春雪里
她将芬芳一片片打开
每条纹脉
都是她活过的风雨

茶心　现居成都。客家人。四川省作家协会会员。成都作家协会会员。作品散见于《星星》《绿风》《诗刊》《诗林》《草堂》《散文诗》等中外刊物。

一盏茶心

茶心 著

黄河出版传媒集团
宁夏人民出版社

图书在版编目（CIP）数据

一盏茶心 / 茶心著. -- 银川：宁夏人民出版社，2021.5

ISBN 978-7-227-07463-2

Ⅰ.①一… Ⅱ.①茶… Ⅲ.①诗集－中国－当代 Ⅳ.①I227

中国版本图书馆CIP数据核字（2021）第095232号

一盏茶心	茶心　著

责任编辑　姚小云
责任校对　陈　晶
封面设计　圣立文化
责任印制　马　丽

 黄河出版传媒集团 宁夏人民出版社 出版发行

出 版 人　薛文斌
地　　址　宁夏银川市北京东路139号出版大厦（750001）
网　　址　http://www.yrpubm.com
网上书店　http://www.hh-book.com
电子信箱　nxrmcbs@126.com
邮购电话　0951-5052104　5052106
经　　销　全国新华书店
印刷装订　四川立杨彩色印务有限公司
印刷委托书号　（宁）0020727

开本　880 mm×1230 mm　1/32
印张　8.875
字数　176千字
版次　2021年6月第1版
印次　2021年6月第1次印刷
书号　ISBN 978-7-227-07463-2
定价　99.00元

风月雷霆，一路前行

——诗集《一盏茶心》序

◎ 徐甲子

举凡序文，多名家所为。然茶心不重名号，执意要我代笔。许是作为她的诗友兼兄长，观其写诗历程，一路风月雷霆，相识相知，自有话说。

一

年前，众友鼓动茶心结集出书，因数年创作，其成果未曾集中展现。于是，此诗集便凌空出世。

本诗集分为六辑，共选收作者精品诗歌175首，内含亲情、爱情、风情，以及生活杂思几大主题。作为兄长，平日与诗者多聚于梅林或桃花山上。酒后茶余，谈诗观景已然平常。其间，读过集内大多作品。作为女子的茶心，其作如其人，既可写出柔若小妖般的《情人》，亦可写出刚如侠士的《冷兵器》。于茶心而言，左手拈花，右手持剑，最是贴切不过。她的诗歌，又如其一贯装束，简洁素雅，不娇饰，不做作，不跟风，不模仿。她拒绝无病呻吟，不做贫血缺钙之吟。她不喜欢所谓的高深高蹈，以简单的语言，书写纷繁的世界。以真挚的诗心，面对复杂的人生。

二

1779年1月，荷尔德林在致母亲的信中有言："作诗是清白无邪的事业。因为诗是无害的，同时又是不危险的。""自从人类可以交谈，能够聆听彼此的心声，我们学会了许多东西，唤出一个又一个神灵。"于是，才有后来那句广为人知的"诗意地栖居"。在茶心的作品里，这种"栖居"是亲情、爱情、社会、自然，她为其进行诗意的着色，并在此写作过程中，去感受温暖的意绪、爱情的美丽、社会的无常、自然的传奇。

这些年，茶心创作了很多有关亲情的诗歌。如《为母亲洗澡》《阿爸的山塌方了》《哥哥的橘园》《儿子的婚礼》等。她将亲人们的生活场景用细节呈现出来，温馨中透着幸福，也透着疼痛。而正是这种幸福与疼痛，让人们自疚或者反思。父母在，知来处；父母去，无归途。茶心一首《父亲的云朵》，将这种亲情之爱袒露无遗——

　　父亲，自您离开以后 / 从此，有您的地方我管它叫远方 // 像今天，我又看见了您挂过的拐杖，握过的毛笔 / 坐过的椅子，看过的书籍，用过的烟杆…… / 所有的这些，搭成一条长长的梯子通向您的远方 // 通往您远方的小径…… // 大朵大朵的云彩随风而动 / 我看见了您，父亲。原来 / 您就住在一朵云里，一直盘旋在我的上空……

　　王国维《人间词话》有言"其言情必沁人心脾，其写景必豁人耳目。其辞脱口而出，无娇柔妆束之态。以其所见者真，所知者深也"。从茶心这首诗中，我们不仅能读出诗者对离世父亲的深深怀念，更能读出一种忧伤追思的感怀。

三

　　我一直坚持认为，有生命力的诗歌应该具备两种特征。一是血肉，二是筋骨。只有血肉而少筋骨的诗歌犹如阴柔之女；反之，只有筋骨而少血肉的诗歌犹如孔武之男。二者组合一体，方可成为一个"好"。就此而言，茶心做得较为出色。我们从这部诗集中可以感受到茶心诗歌的血肉与筋骨。

　　一些时候，当现实的雨水消失在茫茫夜色，我们身在其中，却又出没得那么遥远。作为诗人，所关注的不应只是风花雪月，更应该关注当下时代，关注时代中人们的生存状态。对此，茶心创作了大量反映时代、还原现实、关注众生的诗歌。如《裁缝》《补鞋匠》《外卖哥》《卖土豆的女人》《卖豆花的女人》等作品。茶心在为这些底层的人物塑像。

茶心的诗常常移步换景，展示出不凡的提纯能力。她往往从大众声音里捕捉常人听不到的本质之声，而这些灵动的折转，富于对生活、对事物的揭示与赞美，如同魔术师在你专注之时，突然取出一条红绸，让你的眼睛为之一亮。

当下诗坛，太多诗人沉浸于隐晦的语词中自娱自乐。他们以诵读别人的咳嗽，复制他人的声音为荣耀，以著名诗人自居。要么故弄玄虚，要么涂脂抹粉。作为一个有担当的诗人，茶心虽为红袖女子，却能为这个五味杂陈的世界，创作一首首具有筋骨的诗作。例如她《对一根稻草的敬畏之心》——

我常常对一根稻草怀有敬畏之心 / 从来不敢忽视它的轻 / 一根稻草 / 可以压死一只骆驼，也可以勒死一个人 // 不要忽略一根稻草的力量 / 一根稻草与其他稻草能拧成一股绳 / 拉动车船，拉动一座江山 / 能让，江河倒流 // 更不要忽视一根稻草的怒火 / 一根稻草，可以 / 引发一场森林火灾，也可以联合起来 / 毁灭一个王朝在这里，生活中的一根小小稻草，竟然在诗人眼里无所不能。以小博大，由浅至深。诗者将人间细微事物剖析放大，并向麻木的人们发出警告。这既是诗人的先知先觉，也是诗人的社会担当。

四

我注意到一个事实，茶心的诗歌极少有晦涩的诗句。她为我们带来的每首诗作如同一颗颗或酸甜，或苦涩的果实，让我们安静地削其皮，品其肉，再敲其核。面对如此纯净又带有痛感的诗句，你所得到的，绝非仅仅是文字的快感。是的，在这个时常发生悲剧又偶有喜剧发生的世界，茶心以冷静的思考，为我们创作出一幅幅生动的生活图景。由此，我想起卡西尔说过的那句话："任何表相的语言一经思想，它所表现出的深刻不再是大众的感受。"

对于一个怀揣诗心的女子，爱花喜景皆为自然。茶心居于花乡梅林，赏梅观景间创作不少抒情诗歌。这些诗歌不是唯景而作，其中所思、所想、所悟，皆隐于每首诗中。无论青城山上的《暮色来临》，还是终南山中的《访高人不遇》，再或茫茫草原上《放情辉腾锡勒》，其深情、其激越跃然纸上。在当下，茶心携一颗平常心游走于名山大野，将她对生命的体悟，自然的美好，以诗行吟诵于世人，若一只翩飞的祥鸟。此刻，我突然想到一句话：杜鹃的鸟鸣为何动人，因为它啼血歌唱。

风月雷霆，一路前行。祝福茶心，祝福诗歌！

此序。

2020年12月冬至于万卷山

徐甲子，诗人、作家。有大量诗歌、小说等作品在《人民文学》《诗刊》《十月》《四川文学》《休斯敦诗苑》等百余家国内外文学期刊发表，并有多篇作品获奖。著有诗集《纸上时光》，散文集《绝色》，小说集《一路悲凉》。现任《甲鼎文化》总编。

目录

CONTENTS

第一辑　温暖的刻度

第二辑 玫瑰的色彩

第三辑　灵魂的花朵

第四辑　流淌的山水

第五辑　季节的光盘

第六辑　生活的皂荚

温暖的刻度

昨天母亲又将一袋黄金梨儿放进我车厢

回家后打开一看

梨儿全坏掉了，一个都不能吃

早晨母亲打来电话问梨儿好不好吃

我喉咙发哽，告诉她

梨儿真甜，太甜了

梨儿真甜

临走时母亲总要拿点吃的东西给我
要么蔬菜，要么水果，要么糖粒
这是她几十年来的习惯

这些东西多半是别人送的或她自己买来的
母亲舍不得吃
将它们储放在罐子里

昨天母亲又将一袋黄金梨儿放进我车厢
回家后打开一看
梨儿全坏掉了，一个都不能吃

早晨母亲打来电话问梨儿好不好吃
我喉咙发哽，告诉她
梨儿真甜，太甜了

2020-09-06

后悔

还来不及阻止
她一下就攀上了枇杷树
树，一阵猛烈摇晃
单薄的她像随时飘落的叶子

我真后悔说了一句
"这枇杷真甜"
害得八十岁的白发母亲
那么
奋不顾身

2020-06-01　乡下

郊外

午后，陪母亲散步
荒郊野外草木深
小路逼仄崎岖
紧要处，几乎无路可走

我不由得将母亲的手
又攥紧了一些，生怕一不小心
母亲就隐没在草木中
再也，走不出来

2019-11-09　梅林郊外

与母亲在新都桂湖

在新都桂湖
母亲坐在湖中亭
满池的荷花正青春貌美
母亲是唯一的枯荷

在这些荷花面前
母亲有些自惭形秽
殊不知，曾经十八岁的她
胜过她们其中任何一朵

2020-07-04　新都桂湖

母亲节

母亲节
三个女儿回来陪母亲打麻将
让她想要什么牌就有什么牌
让她赢一大堆零钱

她们都喜欢看母亲数钱的样子
盘着腿，坐在床上
1、2、3、4、5、6、7

当她数到第七的时候
满头白发就垂下来
盖住了她无比欢喜的脸

2020-05-10　母亲节

女人花

蜜蜂从一朵梨花飞到另一朵梨花
花中的女子如蝴蝶一样蹁跹
悦耳的笑声如风中之铃
曼妙的身姿如摇动的河柳

母亲微微颤抖，她刚病后初愈
身子轻得像一片叶一朵花
每一阵风吹过
我都会牢牢扶稳她

那年的梨花开得多好啊，母亲说
你阿爸站在屋前的老梨树下
着蓝色长衫，戴博士帽
一手撑伞，一手提着点心

她透过窗口，偷偷打量他
他多像画中之人啊，母亲说
他一转身，刚好与我眼光碰撞
我羞得呀……

说到这里的时候

母亲不由自主地双手捂住脸
仿佛，此刻
父亲就站在她面前深情地看着她

八十岁的母亲脑子大多已呈现空白
像漏篮，一路能留下的东西已所剩无几
唯有这段往事她记忆犹新

那年，母亲十六，父亲二十七
父亲说，他经过万水千山
她是世上最好看的花

2020-03-08

群山，都跪了下去

苦难深重的母亲，一生
卑微如草，将自己低至尘埃之下
受尽冷眼、讥讽和嘲笑

一直有个愿望
想将母亲举过众人的头顶
让她与月亮星星齐肩，接受
万千人的鼓掌与欢呼

今日，将母亲载上了最高的峰
坐在阳光里的母亲
如皇太后莅临，尊贵无比
周围的群山，全都跪了下去

2019-11-14　龙泉山山顶四季园

水边的母亲

辽阔的水面，将母亲衬得
越发瘦小。半个多世纪以来
母亲将体内所有的水，用来浇灌
一个家和五个儿女

而今
母亲干了，枯了
像深秋的枯荷，再也没有多余的
水分来滋润和鲜活自己

天干物燥
我得全力护着母亲，避开一切火种，并将
湖中之水引进母亲的身体，让母亲
再次丰润，再次开花

2019-11-14　龙泉山莲花堰

闪一下就熄灭一点

母亲就坐在我身旁
身着紫红色衣帽的她
在阳光下
如一盆刚燃过的炭火

寒风从四面吹来
我看着她体内的火星
闪一下就熄灭一点
闪一下就熄灭一点

2021-01-19

陪母亲在石经寺

农历二月十九
观音菩萨生日
龙泉石经寺

母亲挤在热闹的香客中
如大海里漂荡的一叶小舟
燃香，作揖，下跪，磕头

菩萨端坐在上
肃穆庄严，脚下是
匍匐在地的芸芸众生

我无法向菩萨下跪
母亲必须在我视线三尺之内
她是我需要守护的菩萨

2018-04-04　龙泉石经寺

苹果

这苹果，是母亲
从几十里外的寺庙带回来的五个之一
被圣水洒过身，被菩萨摸过顶
被和尚念过阿弥陀佛，被众人三拜九叩过

我能想象母亲一路上紧张的神情
风雪中的白发母亲，跌跌撞撞
爬过一座山，蹚过两条河，经过无数条狂吠的狗
将五个苹果紧紧藏在怀里
像紧紧搂着她五个襁褓中的儿女

可能太忙，竟忘了吃。于是
一天天地，这苹果变得越来越干，越来越红
越来越皱巴，越来越粗糙，越来越像
母亲的那张脸

给母亲洗澡

七十八岁的母亲躺在
浴缸里，又瘦又小，害羞
脸色绯红，故意紧闭双眼任我的手
搓她的身子，她的身子
无疤无斑，有少女般的白净

我将手放轻放慢
小心地搓着她的每一寸肌肤，包括
她的每一个指间，每一个脚丫
是的，我不敢丝毫用力
生怕用力一次，她的身子就会
缩小一圈，最后
缩小成，一个小点

2017-11-20

听母亲讲述往事

阳光下，母亲捧着茶杯
眼睛望着前方的一条小路，看得很远很远
这时，我看见父亲着一身青色的长衫
梳一头反波，手提一个皮箱
从那条小路急匆匆地走来，在
母亲身旁的那把空椅上，坐了下来

父亲从怀中摸出一根蓝底红花的丝巾
系在母亲洁白的脖子上，眼神热烈
母亲低着头，一脸的娇羞
父亲将母亲轻轻地拥在怀里
讲述外面的世界以及别后的相思

我悄悄地后退，再后退
一直退回到母亲的子宫
躲在里面偷听他们的悄悄话
躲在里面咯咯咯地笑……

2017-11-22

母亲的指甲

母亲的指甲又厚又硬
每剪下一块都需要使劲用力
以前可不是这样的，母亲解释说
你阿爸当年还夸它长得好看平整又光滑
有次他还在上面涂过红、描过画
只是，后来……

有关后来的事我知道
为了供养她的五个儿女
母亲要将所有的力量积储在指头
在土地里刨出粮食，刨出新衣，刨出糖果
她还得用指头纺纱，纳鞋底
她还得将贫寒的家缝缝补补
让它不漏风，不漏雨

她的指甲练就得越来越硬
硬得像钢钎，像刀剑
大部分的时候，她用它们
剥花生，剥瓜子，剥豆子，剥核桃
但有时，她将它们当作一件利器
当她的某个儿女受到伤害的时候

2017-11-23

您怎么就老了呢

此刻，母亲
我看您的眼神是那么忧伤
就像看见夕阳慢慢西落却无法支撑
就像看见花朵日渐枯萎却无回天之力

母亲，这么快您就老了

您的两条长辫还乌黑发亮呢
您纺纱机的声音还声声入耳呢
您油灯下的身影还那么年轻呢
您脸上的红霞还没褪色呢

您怎么会老呢
嗷嗷待哺的五个儿女还等着您做饭呢
他们衣服破了还等着您缝补呢
他们一双双赤脚还等着您做新鞋呢

您怎么就老了呢
您养的一群小鸡还刚蹒跚走路呢
您浇灌的禾苗刚蓬勃生长呢
您亲手种下的桃树刚开花结果呢

现在
您的每一根骨头也老了，撑不住飘摇的大厦
您的每一颗牙齿也老了，咬不紧风和雨滴
您的每一条褶皱也老了，藏不住
欢喜，和忧伤

2019-05-10

惊恐

母亲坐在一片幸运草中
白色的幸运花在风中如翻腾的海浪
一波高过一波
它们企图淹没母亲

可母亲头上的白总是高过它们
我忽地看见她的头发比之前
一下白亮了许多
像忽然异常明亮的钨丝灯泡

我一下惊恐起来
生怕这越来越强的白光
不知什么时候
忽然　熄灭

2021-04-06

母亲的表情

一直以为母亲的表情
除了笑就是哭，如同她简单的生活
几十年来，除了侍弄
庄稼，就是喂养家畜和孩子

原来母亲的情感这么丰富
短短的九十分钟
竟上演了千百种表情
咬唇，皱眉，蒙眼，惊恐，噘嘴，大笑……

窗外，三月的人间姹紫嫣红
阳光一直变幻红橙黄绿青蓝紫
此刻，一场精彩的马戏正将
母亲沉睡的表情逐一唤醒

母亲全神贯注地看马戏
我全神贯注地看母亲，母亲
每笑一次，我眼睛就红一次；母亲
每鼓掌一次，我的心就被震痛一次

2019-03-10

父亲，唯有您不冷

五年前的此时此刻
没有风，没有雨，没有雪
太阳很大，可我们却感到出奇的冷
泪水还来不及涌出
却，已在眼眶冻结成冰

父亲，唯有您不喊冷
您刚从火中出来，身上还留有余火
哥哥抱您回家，他一路
将您搂得那么紧啊，一刻也不愿松手
像生怕别人抢了他心爱的宝贝

2019-12-02　五年前的今日未时父亲火化，以文字祭

父亲的云朵

父亲，自您离开以后
从此，有您的地方我管它叫远方

像今天，我又看见了您拄过的拐杖，握过的毛笔
坐过的椅子，看过的书籍，用过的烟杆……
所有的这些，达成一条长长的梯子通向您的远方

通往您远方的小径
反季的梨花清丽如画，缤纷的蝴蝶翩翩起舞
您爱吃的柚子、红橘已挂满枝头

大朵大朵的云彩在随风而动
我看见了您，父亲。原来
您就住在一朵云里，一直盘旋在我的上空

从此，远方不远
我想您的时候，只需要仰头
父亲的云朵就会对我微笑

2015-11-18　写在父亲去世一周年纪念日

今天

今天，我不敢呐喊
一呐喊
就会引来一场飓风

今天，我也不敢哭泣
一哭泣
天上就会落下石头

今天，我更不敢伤悲
一伤悲
江河就会泛滥成灾

那么
就让我的悲，我的痛
堆积一座冰山
千年不化，万年不移

2016年农历十月初八

谨以此文字悼念父亲去世两周年

用一种痛忘记另一种痛

上午，打扫一个小时的卫生
洗一小时的衣服
整理一小时房间
再用一小时熬熟一锅粥

下午，与朋友煲两小时电话
然后，逛菜市，问每样菜的价格
之后，蹲在路边，看两个老头下棋
之后，走进一家服装店
把所有的款式试尽，再两手空空出来

晚上，牙疼来袭
父亲，这牙痛来得多好啊
这样，是不是
可以用一种痛忘记另外一种痛了

2016-06-18　父亲节之夜

父亲的咳嗽

就在刚才，我看书打盹时
父亲，您咳嗽了一声
惊醒了我，就像小时候我不专心做题时
您总是在身后轻轻地咳一下，我就会
迅速坐正身姿，继续我的作业

它，有着很强的威力
胜过目光的严厉，掌心的重量，木棍的疼痛
在我沮丧、堕落，甚至狂妄自大得意忘形时
这声音，总能准时响起
让我心惊，让我觉醒，让我羞愧
让我摆正姿态，好生做人

一直以为，那声咳嗽
和您一样早已埋入了地下。殊不知
它还在的，一直都在

2016-05-22

注：农历四月十八，是父亲的诞辰日。谨以此诗怀
念敬爱的父亲。祝他在天堂幸福快乐。

今天您五周岁了

现在，是上午九点四十
五年前的此刻，阿爸
我们刚为您净过身，换了干净的尿不湿
喂了您小半碗蛋白粉
您靠在妹妹怀里，气色红润
一副心满意足的样子
像刚刚洗完澡吃过奶的婴孩

真不该有这样的念头
一个多小时后，您果真
投了人家去做了别人的孩子
他们将您洗净包裹，一定
也如我们爱您一般，脸贴着脸亲吻
您的小脸一定也是这样红润

今天，阿爸您满五周岁了。他们
带您去买玩具没有？带您坐碰碰车没有
给您买新衣服没有？买生日蛋糕没有
今晚，他们会不会
围着您吹生日蜡烛，像
众星捧着月亮

一直相信转世轮回。这几年
每次看见几岁的孩子总爱发呆
多希望有那么一天
您背着小书包站在某个路口
向我招手，大声地喊着我的乳名
我跑向您，泪流满面

2019-11-29上午九点四十

谨以此文字悼念父亲去世五周年

等最后一朵云，归位

天黑了好半天，雨却迟迟没有落下来
可能在等最后一朵云，归位

就像那些年，每顿饭前八仙桌上
必须等坐满一家老小八口人，才能动筷

有时是等赶场未归的父亲
有时是等菜园除草浇水的母亲
有时是等贪玩忘了回家的哥哥

父亲五年前就走远了
每年除夕夜我们只能用三炷香将他唤回
他坐在上八位，我们说干杯的时候
他面前的酒杯就会轻轻颤动

2020-09-27

我所关心的事物越来越少

现在，我所关心的事物越来越少
名人的生死、明星的绯闻都与我无关
更没兴趣去关心外面的战乱和纷争
我已开始放弃仇恨，原谅敌人

将仅有的时间与精力
用来关心我的亲人和孩子
关心他们的饭量、睡眠和大小便
关心他们出行和归来的日期

现在，我连父亲也不再关心了
我只关心父亲墓前的紫色花
如果它们开得越好，我就知道
父亲就过得越开心

2019-12-29　写于父亲阳历五周年忌日

粉色之莲

为了尽快见到光明
一开始，你就选择了一条捷径
披荆斩棘，一刀，两刀，连续四刀，终于
你如一轮初升的太阳，喷薄而出

鼻翼上的一滴鲜红，是你
送给我们的一面可爱的小旗子
你用第一道最圣洁的尿
为这个污浊尘世做了最隆重的洗礼
然后缓缓睁眼，从左到右，再从右到左
辽阔的世界，被你一眼扫视完毕

你没有啼哭，像入定的老僧
任由白衣天使为你沐浴、穿衣
然后，她将崭新的你送至我眼前
你再一次睁眼，第一次
与我有了深切的认识和交流

六斤四两，我很羞愧
给你的仅仅只有那么多
可我已经尽力了。自此以后

所有的分量和重量
需要靠你自己努力争取

双手颤抖捧着你的是你的父亲
一个不到二十三岁就初为人父的男人
他泪流满面
一遍遍地亲吻你，抚摸你，轻唤你
"儿子，我的儿子"
你在他的手中，似一团粉色的莲
如此美好，如此明亮

2017-06-19

注：6月19日是儿子的生日。谨以此小诗送给我亲爱
的儿子，祝他生日快乐，吉祥如意。

请回头看看我们的皱纹和白发

多想让时光倒流啊
带你去游乐场坐碰碰车，玩戏水
带你吃麦当劳，吃肯德基
将你举过头顶摘星星、摘月亮

真是太快了呀
那个曾经在怀里吃奶的孩子
怎么一下子就蹿高了
有了青春痘、喉结和胡须

现在，你已经有了你的妻
以后的日子，有她陪你
看电影，吹生日蜡烛，吃烛光晚餐
陪你指点江山，鹏程万里
陪你流泪，陪你欢喜

你年轻的面孔多俊啊
你飞翔的姿势多美啊
那是我们的昨天

现在，我们将很快老去了

儿子呀，你奋力向前奔跑的时候
请偶尔回头看看我们的皱纹和白发

2019-06-19　儿子生日

哦，黄昏已近

今天，她要完成一份重要告示
刚提笔，她感觉腹部一阵剧烈疼痛
"快，进手术室！马上手术！"
一小时后，护士小姐将小小的他捧至她眼前
他慢慢睁开了眼，像一朵初开的粉莲

她缓缓坐下来，写下
"公历2018年6月23日"
他突然醒了，大哭。她赶紧起身
给他换尿布，洗澡，穿衣，喂奶
慌得手忙脚乱，大汗淋漓

忙至半夜，她继续第二行
"农历戊戌年五月十日，星期六"
先生惊慌失措跑进来
"儿子突发高烧四十度，快，马上去医院"
她忙抓起雨伞，与先生跑在风里雨里

回来，她揉着酸痛的腰身
"咯咯咯……咯咯咯……"
摇篮里的他在笑，嘴角流淌一串哈喇子

她惊喜地将他举过头顶，这是
他第一次的笑声，是送给她的第一粒糖

她将他轻轻放下，写下最后一行
"为苏乔与刘培举行婚典喜宴"
"儿子喊爸爸了，儿子喊爸爸了"
先生惊喜的喊叫，每一个字
在他嘴里都激动得跳跃，幸福得发晕
他搂着儿子，如搂着一件绝世珍宝

她揉了揉发涩的眼睛
突然，看见他摇摇晃晃地向她走来，像个笨企鹅
她激动地张开双臂，迎接他人生的第一步
他笑着向她跑来
跌倒，爬起，跌倒，爬起……

当他走近时，猛然发现
他已经高出她一头了，牵着一个漂亮的女孩
"妈妈，这是我女朋友"
她伸出的手突然僵住，怀抱空空

她一阵惊觉，看着镜里的自己
不知何时有了白发，她想细数这些白发
可怎么也无法数清，她看看窗外
哦，黄昏已近

2018-05-14初稿
2018-05-17修正

儿子婚礼记

灿烂的花朵，绚丽的舞台，梦幻的灯光
2018年6月23日12时18分
你手捧一束红色玫瑰，大踏步地走上舞台，携带一股
　幸福的风
你光芒万丈。
这一刻，太阳隐去，风雨噤声
这一刻，欢呼雷动，掌声如潮

这一刻，你的父亲
一个即将半百的男人，已是两鬓白发
他坐在我身旁
左手攥着我的右手，那么紧，抖得那么厉害

我不敢看他的眼睛，我只看你
看你笔挺的西装，锃亮的皮鞋，漂亮的发型
看你明媚的笑容，看别在你胸前的那朵红花
哦，那朵红花，多么耀眼

你没看我们，你的眼睛
只看着一个方向，模样急切
就像你那年五岁时，我们故意躲起来你四处寻找

就像十年前大地震时，你站在学校的门口，那么
　无助

你的父亲，差一点就站起来了
就像你襁褓时突然啼哭"哦，儿子一定是饿了"
就像你半夜时生病发烧"不行，得赶紧上医院"
就像你奔跑时狠狠摔了一跤"快，扶他起来"

我悄悄地摁住他的手
示意他转过身往你看的方向看去
一道门，徐徐打开
她穿着洁白的婚纱，一地逶迤
像一朵盛开的白莲，缓缓地缓缓地飘向你

她是你的新娘，是
你此生遇见的最绚烂的彩虹，是
你生命中出现的最动人的诗句，是
你眼睛里最美丽的云朵、草原、湖泊，是
三月的春雨，六月的清风，冬日的炉火

你双手捧花，上前，单膝跪地
这一跪，铿然有声，是
一个男人对一个女人责任道义的担当与承诺，是
天变、地变、情不变的海誓山盟，是
"山无棱，天地合，才敢与君绝"的坚定

她的父亲将她的手放在你的手心
那么小心翼翼，那是他最爱的宝贝
最得意的作品，最骄傲的王国，一并交付于你了
你双手捧着，就像捧着
太阳。月亮。星星

掌声和欢呼再次响起
你携着她，走向开启的幸福之门
前面，是高远的天空，是辽阔的海洋
后面，是我们深深的
深深的祝福

2018-07-02

生日

1

池中的汤，三十九度
恰到好处的温暖，如母亲体内的羊水

我是一条快乐的鱼啊
游弋于蓝天白云间，身体一瓣一瓣地舒展

明日卯时我就要出生了
母亲已洗净了身子，去寺庙烧了香，拜了佛

2

公鸡刚叫过一遍，母亲的痛就发作了。
整个清晨，母亲汗如雨下
原谅我，母亲
我只想在你宫殿里多待一会儿
考虑出去之后如何做人

父亲急得团团转
祷告了祖先，又祈求神灵

终于，太阳还没爬上山顶，我出生了
父亲满脸是泪将我捧住
取小名为"菊"，那是父亲
傲骨上开出的一朵花

2019-11-03

哥哥的橘园

天色即将暗下来了
雾，越来越浓
太阳钻进了草堆就再也没有出来
母亲开始寻我，大声喊我的名字

我躲在哥哥的橘园里
故意不作声。母亲每
呼喊一次，就有橘子
从树上跳下来，使劲地砸我

2017-11-06

无花果

先在纸箱底部铺上一层叶子
再把选好的无花果一个一个放进去
一层码一层，整齐有序
哥哥格外小心
宽大粗糙的手托着它们，像托着刚出生的婴儿

我蹲在他的身边，就像
小时候，蹲在他身边，看他
弹弹珠，扇烟盒，逗蚂蚁，玩蛐蛐
他低着头，那些刚长出的白发
在对光处，白晃晃地发亮
晃得我眼睛发酸，生痛

2017-10-12

玫瑰的色彩

至今

我还是一块没有解咒的石头

被囚禁在一个人的心里

他要囚禁我一万年

在此期间

我允许你爱上一万个女子

她们都是我的姐妹

世间薄凉，你需要好生相待

两杯咖啡已替我们交换了各自的语言

话，刚到嘴边
却又打道回府了

可能是感觉太仓促
语句未经过修饰和加工，没色彩
也可能是突然觉得没必要了
说出来反而画蛇添足

确实没有必要
两杯正在搅拌的咖啡
已替我们交换了各自的语言

2020-11-01

那神态，如莅临的新皇

当雨滴暂停在半空
我们选择有荷的水边坐了下来
荷花悄然无声地开，悄然无声地谢
我们坐在水之上，荷之上
水是绿的，我们的影子也是绿的

一只麻雀飞来，落在茶几上
还来不及将它赶进镜头，它忽地飞走了
对这一切，你却浑然不知
看旁边的黄狗轻轻舔着它的幼崽
你目光温柔，眼里盛了一汪水

想必这儿刚刚热闹过
桌上的茶杯还微温，余音还在树梢缭绕
现在，我们是这儿的新主人
你举起酒杯说干杯的时候
那神态，如莅临的新皇

2019-07-16

三月之水边

三月太喧哗。唯有
选择水边，才能稀释其浓度

杯中的金菊一瓣一瓣地开
舒展的水袖拂来微微的清凉
走过的桃花，梨花，樱花十分好看
立在船头的男子，更是好看
他妖孽的眼光，看一眼就会怀孕

白色的水鸟来来回回地飞
水边的风一直没停过
将三月的心事，越搅越复杂

你来得太迟，我已离开
挂在柳条上的七行诗，是春风
留下的隐语

2019-03-25

丁香姑娘

如一幅遗韵的古画
她独自坐在丁香树下
戴一副老花镜，理一团缠成乱麻的线
想缝补当年旗袍胸口上的一处暗伤
可不管怎么理，都理不出
最终的开始，与结局

红灯笼下，画画的少年
俊朗的面孔多像她的初恋情人
戴望舒诗外的小巷，丁香花浓郁
小猫在她脚旁打瞌睡
她轻轻地拂了拂眼前的影子，低下头
将胸口处的暗伤，揉了又揉

2019-01-24

允许你爱上一万个女子

烟花易冷。转瞬百年
如此良辰美景。亲爱的
请不要等我，我与你之间
还相隔一万光年的距离

至今
我还是一块没有解咒的石头
被囚禁在一个人的心里
他要囚禁我一万年

在此期间
我允许你爱上一万个女子
她们都是我的姐妹
世间薄凉，你需要好生相待

2018-08-17　七夕

情人

荷塘边，我们并肩站立
听雨打枯荷，那些豆大的雨点
像战鼓，一声比一声紧
可你的心跳，比雨声还大还急
震得头顶上的红雨伞，轻轻颤抖

咖啡厅，你我相对而坐
都不说话，低着头搅拌咖啡
小勺在杯里慢慢地打圈，打圈
搅出一圈圈好看的旋涡，好看的旋涡
慢慢地把我们旋进去，旋进去

炉火旁，你拥我在怀里
窗外雪花飘飘，梅花点点
煮沸的茶在屋里袅袅，绕绕
刹那间，你的吻俯冲而下，惊飞了
花瓣上的一对蝶儿

月亮升起来了，你眼里的
火苗映得我脸庞发烫
你叫我乖乖，甜甜，宝贝，仙女……

书生呀，我不是
你在忘川河畔等了千年的人
今晚，我是你的妖

2018-01-15

六月荷塘

六月，荷池已满香
如果你来
只需穿过那条幽静的小路

不要迷恋路旁娇艳的野花
也不要顾及脚下的荆棘
向前走，一直向前走

你，听到那片蛙鸣了吗
看见蜻蜓的翅膀在欢愉舞动吗
感受到我幽香的气息了吗

此刻，我站在荷的中央
亲爱的，如果你是为了看我
请，再走过一段栈道

2017-06-24　荷塘月色

如果你来

我答应过，如果你来
我一定盛装相迎
戴凤冠，披霞帔
带领三千佳丽，下山五十里

为你的到来，我
凿就了七千级石梯
修建了八角连心亭
写下了九百九十九首情诗

千米的情道，铺成了红地毯
诵过经的福字，挂满了每个路口
司马相如的琴声，开始悠扬响起
文君的美酒，也已芳香四溢

若是，你觉得这一切
还不够盛大，不够隆重
那么，我再喊百里桃花一齐盛开
这样，够了吗？够了吗？

2017-03-01　桃花故里

看你露不露出邪念

你轻易走不进桃花的心
即便你已蹚过了三生池
但她还是要进一步试探你考验你

她装扮得比妖精还妖精
在你面前跳艳舞
在你耳边吐气如兰

一双柔若无骨的手
摸你的脸，摸你的嘴
"哥哥呀，妹妹我想死你了"

看你发不发酥
看你动不动心
看你露不露出邪念

2020-03-20

月亮出来故事就出来了

黄昏的院子里
我们占据着最好的位置
鸟鸣、虫吟、犬吠……已被我们安排就绪

一切都在酝酿之中
夜色从四面渐渐地围拢
多么浓郁的栀子花香

我们谁也不说话
喝着酒一杯又一杯
只等月亮出来，故事
就出来了

2016-06-29

留双红舞鞋给你

卸掉所有的妆
解下罗衫长裙
不要追问我的方向
去问八月的风，是它
安排了我的一切行程

我的观众不多
你是最用心的一个
如今，曲终人散
没什么可留给你的，除了
那双红舞鞋

2015-08-11

既欢喜，又惶恐

我们来自天上的云朵
穿越九千里的两个雨滴
落在了同一枚叶片上

叶片像一只弯弯的小船
在碧波荡漾的海上
轻轻摇摆，轻轻摇摆

我们各自
小心翼翼地珍视对方
既欢喜，又惶恐

2020-09-09　下午

栀子花的爱

你动作迅速。一朵栀子花
被你偷偷摘下，飞快地塞在我手中
我环顾四周，神色慌乱。就像当年
十八岁的你塞给我那封情书时，那般羞涩

晚霞的形状多美，像龙凤呈祥
纷飞的蜻蜓身披落日余晖
红色的三角梅开得千娇百媚
滴翠的鸟鸣如山中流淌的清泉

身体里一下长出欢喜的翅膀
迷人的花香在我手心里蔓延
将橘色的黄昏搅醉了一次又一次
你看着我，目光灼灼，温暖似火

多耀眼的白，多纯净的白啊
我将它揣进衣兜，轻轻按压，好似
悄悄藏了一只白色的蝴蝶，生怕
一不小心它噗的一下就飞了出来

2017-06-09　上午　祝先生生日快乐

他说，甜着呢

黄昏，与先生散步
他不看漂亮的云朵，他说，云朵太缥缈
也不关心风的方向，行人匆匆的步履
唯有看见胖乎乎的狗尾巴草
眼睛发亮，像看见久违的童年玩伴

他摘下它们，编成兔、狗、马
动作熟练，三下两下就完成一个
栩栩如生，他将它们举到我眼前
我故意扭过头，佯装看风中奔跑的落叶
偏不赞美他，偏不让他得意

更多的时候
他爱将狗尾巴草茎含在嘴里轻轻吸吮
我喜欢看他一副沉迷的神情
像饥饿的婴儿吃奶时的陶醉模样
甜着呢，他说

2019-08-11　晚

年老的时候

年老的时候
养一只猫和一只狗
你要是不理我时
我就拿块骨头逗它们
看它们在我面前撒娇摇尾巴，或争风吃醋
我哈哈地笑，眼角余光却在偷偷看你

年老的时候
还要养一对白鸽
阳光温暖的日子，坐在院子里
看它们低眸、打闹、亲昵，颈项相交
你挨着我坐下，看着这一切，眯眼微笑

年老的时候
还要种一院子的花
春桃、夏荷、秋菊、冬梅
每当你想对我表达爱，或歉意时
你摘上一朵悄悄插在我发髻，呢喃如煦风
我的心就会一遍一遍荡漾开来

年老的时候

我和你哪儿也不去
你存在的空间就是我存在的空间
一步也不能相离
即使化作一缕青烟，也要相互缠绕
一起飘飞，或，一起消失

2020-10-29

我希望

我死之日
不希望在春天
春天的爱情多么温暖，多么美好
不希望我的离去
让你的世界来一次倒春寒

我死之日
不希望在夏天
夏天的爱情多么高涨，多么炽烈
不希望我的离去
让你的天空来一场飞雪

我死之日
不希望在秋天
秋天的爱情多么忧伤，多么脆弱
不希望我的离去
让你的心情悲上加悲

那么，我死之日

希望在冬天
篝火旁，你紧紧抱着我
我一直在你怀里微笑。窗外
雪花纷飞，梅花飘香……

2015-06-03

将小海螺又悄悄地攥紧了一次

你说，我要来送你
我说，你别来了，两百多里地赶来会太晚
你说，不，你一定要等我

或许是老天感动于你的执着
飞机晚点了一个小时
"我一路上叫司机快点再快点
有两次差点和别人的车追尾"

你絮絮叨叨对我说一路的惊险
我故意扬起头装着漫不经心的样子
我不敢低头，怕一低头
窗外的那朵白云就躲进了云层

我伸出右手"再见，后会有期"
你会想我吗？我微笑不答
只将衣袋里你送我的小海螺
又悄悄地攥紧了一次

2017-12-22

为你守望成一枚熏香的月亮

三月的桃红一谢，转瞬间
秋月渐已满弦。
汉水河畔涛声呼啸，碧浪翻腾

山穷水远。缘分搁浅对岸
总是隔水诉梦。凝目里
化蝶为舞的你，徘徊在梦的出口
你眼里，有着大片大片的荒漠和疼惜

悠悠然然的心，一层层浪花起伏
你浅声的呢喃，在梦境中开出一朵朵花来
怀抱着关于你的想象，从夜晚到黎明

你的影子，总是沉甸甸地压在心口
你是我眼中的一滴泪，忧伤弥漫我的城池
站在夜的高端，我时时悲歌
生了锈的笔墨，再也写不出一句情诗

夜里的凉啊，有一种噬骨的寒

我站在来时的路口，长长的睫毛上
已结有一层霜花。你若心有灵犀
就用一只柳笛吹起一曲的幽思。而我
愿意为你守望成一枚熏香的月亮

2012-09-29

情人节

有人说，今天是
潘金莲毒死武大郎的日子
也有人说，今天是
西方的清明节，祭奠
一对为爱死去的年轻人

可，写诗的人
全然不理会这些，诗句里
荷尔蒙在上升、情欲在膨胀、玫瑰在盛开
每一处，文字在拼命叫春——
来呀，快活呀

街上，走来一对相拥的男女
脚步匆匆，神色慌张
像贼，溜进了一间屋子
我不能断定，他们是偷情
还是，在相恋

这世间，谁能说得清呢
就连，一直钟情冬天的雪花
也移情别恋，爱上了华丽的春天
像个，水性杨花的女人

2016-02-14

灵 魂 的 花 朵

橱窗里的那件长大衣
风流倜傥，如果穿在我身上
她会不会多看我一眼

母亲啊，不要再催问我几时回家
我还有十多份包裹没有送达
哦，天快黑了

裁缝

干了大半辈子裁缝
她依然放不下剪刀、尺子和针线

她习惯将自己的衣服翻来覆去地
改大或改小，添加或裁去

她坐在窗边
光线在她的手中拉长又收短

压好韵脚后，如一幅画的完美收笔
她会戴着老花镜反复端详

几十年来，她总是用心裁剪生活
将紧巴的日子改宽，漏风漏雨的日子收紧

2020-11-07

补鞋匠

他埋着头
将零星的雨点连成线
穿进针孔

他轻轻地为它们缝合伤口
手心冒着白烟
温柔的眼神像神父

每一只受伤的鞋
在他的怀里，都得到了
最好的抚慰

2020-01-15

快递小哥

路边的那枝蜡梅，如果
悄悄插在妹妹窗前，她欢喜的样子
一定比梅花还美吧

寺庙，那么多人进进出出
我也想进去跪求菩萨
瘫痪的父亲快点站起来

太阳下喝茶的人多惬意呀
捧在他们手中的青花瓷碗真好看
碗里的茶水是不是很解渴

橱窗里的那件长大衣
风流倜傥，如果穿在我身上
她会不会多看我一眼

母亲啊，不要再催问我几时回家
我还有十多份包裹没有送达
哦，天快黑了

2020-01-10

吹泡沫的小女孩

放嘴边轻轻一吹
五颜六色的肥皂泡就飘起来了
像缤纷的梦。可往往飞不了多远
嘭的一声就没了

她并不气馁，接着吹
嘭的一声，又没了
整整小半天时间
她一直吹，一直吹

看着一个个泡沫破灭
她竟然开心得手舞足蹈
唉，可怜的小女孩
还不懂梦想破灭时的绝望，与哀伤

2020-05-13

哭泣的小孩

那个小孩，两岁的小孩
漂亮的小孩。他一定看见了雨中
哭泣的花儿，受伤的雏鸟，难过的蚂蚁
他挣扎着，想从母亲怀里挣脱出来
去救护它们，安抚它们。可他

小小的力量怎能与母亲钢铁般的手臂
抗衡。他几乎用尽了全部的力气
最后，还是彻底地绝望了
哇的一声
滚落的泪珠，比雨珠还快

2017-07-02　路途雨中

你摔痛了吗

一树橘子，唯有它
又丑，又小，又干瘪
躲在叶子后面，怯怯地
看着外面的世界

像梅林那个弱智的小男人
含胸弓背，如蜷缩的蜗牛
对每经过身边的人，他会如临大敌一般
用叶子挡住一双惊恐的眼睛

此刻，太阳将人间烘得十分温暖
它的姐妹身材丰满面色红润
站在枝头如待嫁的新娘
一个比一个好看

很快，它们都被摘走了
它孤零零地缩在叶子后面
没人愿意多看它一眼
像那个蜗牛一样的小男人

一阵风将它吹落在地

四岁的侄孙跑过去
将它拾起来轻轻抚摸，哈气
并问它，摔痛了吗

2020-01-12

卖豆花的女人

"豆花——，卖豆花——"
悠长的尾音似滑翔的音符
连绵不绝的嘹亮，在梅林回荡了八年

她的声音有七分饱和，剩下的
三分让人产生幸福的幻想，像母亲
站在黄昏的门槛外，呼唤
还在外面贪玩忘了饥饿的孩子

舀一瓢热气腾腾的豆花
倒醋倒酱油，撒味精撒盐
加芝麻加豆子，每一个步骤
熟练精准，如欧阳修笔下的"卖油翁"

据说几年前她就离了婚
丈夫在深圳打工后就一去不复返
丢下瘦弱的她，和一个仅会叫妈妈的智障儿子
在艰苦的岁月里，她将所有的泪和所有的痛
熬成了酸甜苦辣的豆花

如此风轻云淡的一张脸

她对谁都亲切，只是

从不说生意之外的芝麻绿豆

2019-02-13

卖土豆的女人

鸡扯了三声嗓子后
她蹬着三轮车出门了，她要
将几百斤土豆，拖到几十里外的县城
换成儿子一个月的生活费
儿子电话里说，他谈女朋友了
要带她看电影，喝咖啡
下馆子，买衣服

雨后的山路有些湿滑
下坡，忽然一个急转弯
三轮车翻了，重重地压在了她身上
一车的土豆满地奔跑，欢快叫嚷
像一群刚放学的小学生

从车身下爬出来
她听到了右腿骨头断裂的声音
却没感觉到一点的痛
她轻轻地揉着腿，如同揉着
一节枯枝

泪，如震后的堰塞湖

在眼眶内迅速上涨、汹涌决口
奔跑的土豆纷纷停下来
远远地看着她，惶恐不安
像做了错事的孩子

2018-10-26　午

扫落叶的女人

它们是从庄子梦里飞出的蝴蝶
彷徨，忧伤，兴奋，欢喜
迎接它们的是一位慈祥的天使

她把它们当作自己的孩子
动作轻柔，语气亲切
"来，孩子们，到我这儿来。"

它们总是很调皮很任性
忽上忽下，忽东忽西
她跟着它们跑，跑得气喘吁吁

她累了，坐在树下打盹
看见一对儿女从倒塌的废墟中出来
手牵着手，向她飞奔而来
像两只可爱的蓝蝴蝶

2017-09-11

卖红薯的女人

从二十五度的空调房
出来。零下三度的冬夜
像黑色的冰窖。站在寒风中
每一秒如遭受凌迟之刑

网约车还有六分钟到
不远处的路灯下
卖烤红薯的女人声音冻成了抖音
高高堆着的红薯让她脸上有了阴影
炉火越旺，她似乎越感觉冷

孩子在她怀中已睡熟
红红的脸蛋像刚烤熟的红薯
温暖，又香甜
有日出时的光辉

2021-01-13　夜

黑蝴蝶

小岛上，一只黑蝴蝶
看守着几十个柚子和水里的鱼群
柚子正由青转黄，饱满得像将要临盆的孕妇
鱼儿又大又肥在水中欢腾

它每隔七分钟就要绕岛巡逻一遍
尤其是对对岸隐藏在藤叶间的两根长丝瓜
保持了高度的警惕
对于我们的闯入
它始终不放心，在我们的头顶来回盘旋

它盯我们的眼神像极了我小时候村里的一个寡妇
她常年穿一身黑衣服
与她的四个孩子和二十四棵梨树相依为命
每当有人靠近她的孩子和梨树
她速度飞快如一道黑色闪电

那年春天的某个清晨，睡梦中
我被一阵撕心裂肺的哭喊声惊醒
母亲告诉我那个寡妇死了
我看见她挂在一棵最高的梨树上

满树的梨花，好似刚下了一场大雪
她在梨树下轻轻荡漾，轻轻荡漾
像春风里的一只黑蝴蝶

2019-08-28

肢解

风摇着她的白发
直立的阳光将她缩小成一个黑点
她坐在院子中央，一动不动地
看一群蚂蚁如何肢解一只死麻雀

面对这个庞然大物
每一只蚂蚁都精神振奋，有条不紊
拔毛的拔毛，撕咬的撕咬，搬运的搬运
它们速度之快，快得惊人
仅仅一会儿工夫，那些毛呀，肉呀，五脏呀，六
　　腑呀
全都没有了，只剩下了一副空架子

忽然一阵地动山摇的声音
她猛地抬起头来，前面
浩浩荡荡的蚂蚁正朝自己涌来
她看得心悸，紧接着
便号啕大哭

2019-12-08

致陶春

1

人生只有三行诗
第一行是生，最后一行是死
中间一行最长，是活着

你，轻轻一跃
就完成了人生的三行诗

而我们
还在第二行艰难爬行

2

你来自于土
将自己打造塑形，经烈火
淬炼成一段诗骨
傲然立于天地之间

现在，你又将自己打碎

回到土，重新塑形，再次投身于烈火
淬炼成一缕不朽的诗魂
在诗歌的春天里，轻轻飘荡

2020-11-16

感觉像被偷去了什么

下午四个半小时
看完了一本十多万字小说
主人公从生到死，用了九十三年零六十七天

小说看到一半时
六只麻雀已将树上的三个石榴啄得一点不剩
留下半个空壳在枝上晃晃悠悠

花盆里的三角梅
第一页翻开时，开了五朵
小说看完合上时，两朵已凋零

整个下午，我待在原地一直未动
太阳从左面慢慢移到右面
滑过我的头顶，背部，右肩，最后
嗖的一声，不见了

忽然感觉
像被它偷去了什么

2020-10-21

只需往左移动三尺

离我右边三尺距离的椅子
白发的她坐了下来。没一会儿
她靠着椅了睡着了
轻轻的鼾声　如远航的汽笛

她的面前，花开似海
五颜六色的蝴蝶在满天飞舞
不知有没有一只蝴蝶飞进她的梦里
停在她青春的发辫

我静静地看着她
她睡得多安宁啊，像一片白月光
时间咔嚓咔嚓地走，我知道
它只需往左移动三尺
我，就成为她了

2020-10-12

它们曾经多富有啊

走在乡野小道，脚忽然被什么绊住
低头一看，原来是被一根野草缠住了

我蹲下来，将它解开
刚一迈步，又被它缠住了
我再次蹲下来，解开
迈步，可还是又被它缠住了

它多像我遇见的那些乞儿
也是这样一而再
再而三地拉住我的衣角不放

曾经这片土地多富有啊
满地都是黄金，金灿灿的
晃得人睁不开眼

2020-10-03

流浪狗

它蜷缩在垃圾桶旁
垃圾桶里空空如也
十分钟前垃圾已被清走
它，来迟了一步

流着脓的伤口，浑身发臭
一群苍蝇围住它兴奋得嗡嗡乱叫
经过的人都捂着鼻远远绕开。乃至于
它的同类也对它瞋目裂眦

流浪于它，无非是
从一座孤岛到另一座孤岛
从一处荒凉到另一处荒凉
从一场凄风到另一场苦雨

阳光如仁慈的上帝
温暖地拥抱着它，像抱着他
可怜的孩子

2019-02-16

等待它吐出最后一个高音

蝉是昨晚坠落在阳台上的
已经死了
横在我面前四脚朝天

我帮它翻过身子
重新站立
它薄薄的双翼在轻轻颤动

现在，我坐下来
等待它吐出
最后一个高音

2020-07-28　早晨

它们多像怀抱石头跳江的屈子

包粽子的时候
我有意将绑在它们身上的绳索放松一些
是为它们上蒸笼之前
能逃生的尽可逃生

可它们仍是那么执着
"我不入地狱,谁入地狱?"
面对热气翻滚的大锅,它们毫不犹豫地跳了下去
这一点,它们多像
怀抱石头跳江的屈子

2020年　端午

最终，他被鱼钓去了

没有一丝风
辽阔的湖面是一面巨大的镜子

老翁坐在湖边，手握渔竿
他在端详水中的少年，青年，中年

突然，一条大鱼咬住了鱼钩
猛地一扯鱼线，将他拉下了水

钓了一辈子的鱼
最终
他被鱼钓去了

2018-11-04

重生日

他，终于出来了
她在高墙外等了他
整整七年零三个月

第一次
他差点要了她的命。产后大出血
医生撬掉了她两颗门牙才将她
从鬼门关里攥出来

这一次
他熬白了她的头发，熬干了她的泪
他哭了
比三十六年前出生的那次
还要大声

2020-05-12

对一根稻草的敬畏之心

我常常对一根稻草怀有敬畏之心
从来不敢忽视它的轻
一根稻草
可以压死一只骆驼，也可以勒死一个人

不要忽略一根稻草的力量
一根稻草与其他稻草能拧成一股绳
拉动车船，拉动一座江山
能让，江河倒流

更不要忽视一根稻草的怒火
一根稻草，可以
引发一场森林火灾，也可以联合起来
毁灭一个王朝

2020-03-21

石头

没有什么东西能与石头相比
如此隐忍，如此坚强

即使千刀万剐也不会皱下眉头
即使电烧雷劈也不会哼出半声
即使不幸被推入粪坑，也一身硬气

不要轻视它，更不要忽视它的力量
它伸出双臂可以阻挡咆哮而来的江河
飞身跃下可以将世界砸个大坑

有时候它也像孩子般地捣蛋
将自己横在路中央
让粗心大意的人狠狠绊上一跤

不要轻易举起它砸人
往往举起石头投向别人的人
最后，将自己砸得粉碎

2019-07-25

浪子将我推出了江湖

站在岸边，即使不动
也感觉在被推着走
一波一波的浪子
后浪推着前浪，不停息

不知什么时候
一个巨浪将我推出了江湖

马，归放南山
刀剑，闲挂北屋

2019-05-16

云朵

天空是倒立的大海
云朵是无拘无束的孩子
自由散漫的牛羊
撒欢奔跑的马匹

它们生活在天堂
只有辽阔
才盛得下它们的自由和快乐

黄昏来临，它们开始自我燃烧
整个天空，都是焚场，都是火焰
那么壮烈，那么惊心动魄

待化为灰烬之后
仁慈的上帝，已为它们准备好了
黑匣子

2019-06-12

枯荷

这些荷，全都低下了头，看
自己的手尖，脚尖，和冷清凝霜的衣裳
水面如镜，它们看清了自己
哦，腐败的青春，枯竭的爱情

繁华鼎盛时，风是幕布
刮一场，换一场人
而现在，门庭冷落
它们是自己的最后一任情人

此刻，它们如倒挂的金钟
风，敲响了这最后的绝唱
这声音，立于冬日之上
似海浪，似战鼓

2019-11-03

秋日荷塘

叶破，花凋，梗折
蜻蜓不见，苍蝇乱飞
腐臭的味道在空中弥漫

有一两朵还在拼命死抗。但
大势已去，孤军奋战
怎能阻挡汹涌而来的秋杀

不要再期盼了
你的盛世大唐已经衰亡。现在
菊花是新登基的王

世界已经改朝换代
还有谁
来看你老朽的模样

2016-09-26

秋凉

凉，不是寒
寒，是闪着青光的刀锋。每一寸
都透着血色的悲壮
这寒，让你不战而栗

凉，也不是冷。
冷，是千年不化的冰。一丝一毫
都是绝望，是心死
这冷，渗至你的骨髓，你的心尖

而，只有秋
才能称作是凉。是热量
猝退后，温度低于人体的舒适值
凉，是一种感觉。是

李清照的声声慢，李叔同的长亭外，蒋捷的听雨楼，是
黎明时的良人滴落的一颗泪。是
青衣唱腔里的一帘幽梦。是
十五之夜，涂了一层薄霜的
白月光……

2018-09-09　午后

九片落叶

午后，逛公园，坐在树下的椅子上小憩，此刻，有
九片叶子落下。

——题记

第一片叶子
小而瘦，脸色青黄
它落在我的脚背上，轻得没有一点声响
像只刚出茧的小蝴蝶

第二片叶子
千疮百孔，满身泥沙，很悲重
将大地砸了一个坑
刚好可以盛下它喊出的痛

第三片和第四片是一起落下的
手牵着手，一路欢歌
好像他们不是去赴死，而是
要去举办一场世间最美的婚礼

第五片叶子
是呈心形的红色

它落在我的手中"扑通扑通"
这，是谁丢失的心吗

第六片叶子
血迹斑斑，像凡·高割下的那只耳朵
第七片叶子
悲悲切切，像从红楼梦里出来的林妹妹

第八片叶子
太老了。飞得跌跌撞撞。它是不是
经过了六国的纷争，唐宋的繁荣
和辽国的烽烟

第九片叶子
非常宽大，盖住了我仰着的脸
温暖又湿润，我不用猜
是你捂住了我的眼

2017-09-03　午后公园

旋涡

一群黑色的鸟
围住一座山头来来回回地飞
太阳下，它们的翅膀是锋利的刀子
将天空割成了片片碎状

黄昏开始来临
它们的阵式有了新的变化
有人在暗处念谜咒
一个又一个旋涡
越来越快，越来越深

渐渐的
太阳被旋进去了
山头被旋进去了
人被旋进去了，最后
连它们自己也旋进去了

2018-01-07　龙泉山上

将昏睡的湖又叫醒了一遍

辽阔的水面，一目了然
不需要虚构情节
是非、黑白、线条分明

此岸到彼岸，没有来往的过客
那条灰黑的破船，靠在岸边
盛满了凄凉、孤独和相思

仔细看，湖还是消瘦了不少
曾经掩盖的一些真相不再深藏不露
丑陋的疤痕看起来更加丑陋
深冬还未来临，那些
还没来得及痊愈的伤口，会不会再一次
雪上加霜

芦苇，垂柳，还有柳树下的
一对老夫妻，一切都是安静的代名词
唯一的动词是水面上游动的
两只鸳鸯和上空掠过的三只大雁
它们是招魂的巫师，将昏睡的湖又
叫醒了一遍

2017-11-19　白鹭湾

途中，遇见一群麻雀

一群麻雀从一棵树到另一棵树
集体起飞，集体降落
像进行军事操练。可动作
不能整齐划一，往往有的
已落下，而有的才刚刚起飞

这，让我有些担忧
这样的队伍，这样的飞行
怎能躲过
虎视眈眈的老鹰？黑洞洞的枪口？
密密麻麻的陷阱和天罗地网？

麻雀在先生的头顶飞来飞去
先生对它们好像不关心
他低着头，看他手机上的股票行情
他在预测手中的股票，明天
到底是走高还是走低，是否
能在锋利的刀口下抢夺一粒粮食

2017-09-27　梅林

风铃声声

我确信，有声音在召唤我
越接近时
这声音越来越猛烈，如排山倒海

你看过万千风铃聚在一起的壮观吗
你听过万千风铃一起摇响的震撼吗

它们已被岁月染成了金黄
挂在春天的最深处
需要绕开魔障，顺着风的路线

线系在每个人手中
我的那只风铃
正等着我去　摇响

2021-04-07

努力地飞

五只燕子
在楼道转角处不停地
旋转和变换队形
飞

楼下高声喧哗的声音
偶尔一时也会让它们乱下阵脚
但很快
它们节奏又统一了

我知道
它们一直在找寻机会
逃离
飞到窗外的自由天空

一根看不见的绳子
控制着它们。可它们
还是
努力地飞,不停地飞

2021-02-01

此岸，到彼岸

一段必经之路
被铺满了厚厚一层落叶
像一条大河忽然横在了面前

我吸气，提着自己肉身
只为，尽量减轻
哪怕一分一毫的重量

我知道，这落叶下
有许许多多的小生命，是它们的
无数双手在托举我，将我
由此岸，渡到彼岸

2020-12-16

在尘世的顶端

仅仅几十秒，高速电梯
将我从尘世的最底层
一下提至云端之上
所有的事物都被我踩在了脚下

天空蔚蓝，万里无云
千里之外的雪山银光闪闪
车水马龙的城市像辽阔的海洋
每一座高楼是翻滚的浪花
无数的蝼蚁在浪里翻滚

下面有人在高声欢呼
我知道，他们欢呼的是巍峨耸立的塔
并不是站在塔上之人
站在几百米高的地方，虽然
我也感觉到了飘。但我

必须集中十二分定力
因为，我知道
物体落下的速度，远比
上来的速度
快得多

2021-01-12　四川电视塔上

墓地

这是我的墓地
在冬日的怀抱里，寂静、安然
自从葬我的人死后，没人知道它的地点
如今，墓地已是荒草丛生
鸟儿不来，蝶儿不飞

多好的风水宝地
前面蔚然花海，背后青山如黛
旁边一条小溪流过
摇着一串串铃声，叮咚、叮咚……

我在自己的坟前欢快跳跃
是为祭奠前世，也为庆祝今生
舞动的纱巾如风中的经幡
一遍遍地念着
唵嘛呢叭咪吽

2015-11-25

走在乡间的小路上

一只彩色的蜻蜓
落在我长裙上的那朵正在盛开的莲花上
阳光将莲花涂成了耀眼的金色

有风，徐徐吹来
我努力集中十二分思绪
稳住风里飘动的影子，不让风
吹落莲花，吹走蜻蜓

可我，无法阻止风
就像我无法阻止流水，阻止
万物的生长与衰败

就在我叹息的瞬间
那只蜻蜓，它薄如蝉翼的翅膀
突然抖动，以每秒三十万公里的
速度，在我眼前消失

唯有那朵莲花，依然在
静静地开……

2017-06-05 10：30 乡下

第一朵梅开

她第一个赶来
鹅黄的衣裙上还沾有新雪
她怯怯地张望
几分惊喜，几分羞涩

她是天使
没有食过人间烟火，不懂尔虞我诈
她像刚走出高原的卓玛
纯如一汪清澈的湖

你
走近她的时候，脚步一定要轻缓
凝视她的时候，眼光一定要柔和
与她说话时，嘴巴一定要吐气如兰

不要粗暴地去亲吻她
也不要热烈地去抚摸她
不能对她傲慢无礼，你必须将自己低至尘埃
更不能轻薄她，你要视她为尊贵的公主

也不要轻易对她表白

尘世的爱大都太庸俗，太肤浅
你可以为她写一首赞美诗
只是，千万别说"我爱你"

2016-12-03

春天的俘虏

整个春天是惊心动魄的
先是油菜花起义
紧接着
杏花起义，桃花起义，梨花起义，樱花起义……

一场比一场澎湃汹涌
一场比一场声势浩大
到处都是彩旗飘飘
到处都是奏响的军号

最后
所有的起义都以残败收场
而我，也成了
春天的俘虏

2021-03-16

三月

只是轻轻一吹
系在门环上的一根红线
就落了。心如一只不羁的野鹿
跃过解冻的河流。尽管
我一再小心翼翼绕过那些热烈的字眼
但还是碰倒了情感的调色盘
渲染了一地惊骇的颜色

我不得不承认
三月的阳光，很年轻，也很迷人
这样的温度，刚刚适合培育爱情
草地上，花丛里，小溪旁，绿荫下……
只需，一个含情的眼神
就会掀起惊涛骇浪
只需，轻轻一吻
心，就乱了

2015-03-14

春天小径

你说，春天的陷阱太多
粉色的，白色的，紫色的，黑色的……
一不小心就
深陷其中不能自拔

相信吧，这条春天小径
已被我反复排查，至于那些
挑逗的、蛊惑的词语也被我
扔到八千里之外

不要怀疑站在路旁的花朵
她们不是妖精
是《圣经》里的天使
刚刚被纯洁的圣水沐浴过

如果你怕迷失自己
你可以问停在花朵上的蜜蜂
它会清楚地告诉你
纷繁的春天该怎样分行

2018-03-23

第一朵桃花

它从诗经里动身
经过唐诗，宋词，元曲
它要登上三月最高的枝头

它从不为谁停留
它只属于春天
留在宣纸上的不过是它粉红的衣裳

它得继续赶路
它是带有使命的
它的胸口处藏有绝密诏书

在它还没有宣读诏书之前
所有的桃花都不能打开

2020-02-29

逃婚的桃花

桃花到了该出嫁的时候了
可她们由不得自己。风
早已为她们安排好了婆家
有的嫁了草寇，有的嫁了粪土，有的嫁了流水

一桃花不愿屈服这样的命运
她挣脱风的束缚
奋力地飞，奋力地飞
最后落到了一个新娘的头上

像一幅画中增添了
画龙点睛的一笔
身旁的新郎一脸惊喜
好看。真是好看

2021-03-11

暮春之花

这些暮春的花
是皇帝失宠的妃子美人
被遗弃在荒郊野外

太阳照不见她们，没人来看望她们
就连她们喂养的鸟儿
也离她们而去，另攀高枝去了

一阵唢呐声声
近了，又远去
有人在笑，有人哭泣

豪华大轿内坐着一位二八娇娘
艳丽妩媚，倾国倾城
是皇帝刚刚爱上的新宠

2018-03-23

尴尬的中年

早晨的霜不大。薄薄的
落在树叶上，花朵上，草丛上……
远远望去，像谁为大地盖了一块白纱
可走近时，模糊不清
细细的微小的白
只有在阳光下才白得发亮

这样的霜白得有点尴尬
像尴尬的中年人生，上下不得
头上星星点点的霜花，不像雪
白得那么纯正，那么有成就
猝不及防的白，白得似是而非，
甚至白得，欲哭无泪

2021-01-18

路过初冬

芦苇坡

傍晚，路过芦苇坡
忽然有所感悟
我是不是应该向它们学习

在风雪来临之前
隐藏身上的一块铁
低下头，弯下腰
柔软。温顺。谦恭

等春天来临时
才能站得更加笔直

每枝枯荷，是一座破败的寺庙

初冬。荷塘
每枝枯荷
都是一座破败的寺庙

灯亮了

放下屠刀的人
陆续上岸……

原野

一大片原野，荒草辽阔
黄昏，残阳如血

脚下是森森的白骨
每一步
我都走得很轻，很轻

这些白骨
有你的，也有我的

2020-11-18

白玫瑰

她坐在一块石头上
双手扶着拐杖，低着头
她的白发垂下来
在春风中丝丝缕缕地飘。如一朵
正在凋谢的白玫瑰

满园的玫瑰都是青春美少女
一朵比一朵水灵、娇艳
游客们像一群群追风逐花的蜂蝶
在花丛中扑闪扑闪地飞
谁也没在意一朵
正在凋谢的 白玫瑰

他颤颤巍巍走过来
停在她面前，轻唤两声
她抬起头来，不好意思一笑
像刚绽放的白玫瑰
那般羞涩

2021-04-15

贩卖云朵

越到后面能贩卖的东西就越少了
青春已被我贱卖，现在
中年也被我甩卖了一半。除了
余下的生命，能卖的东西所剩无几了

还剩下一些旧物，但不能卖
它们已是我生命的一部分。尽管
有的残缺一角，有的疤痕累累，有的腐朽不堪
可它们，曾在我生命里
闪耀过、动人过、美丽过

如今，我将它们束之高阁
但并不代表我忘记。我时常将
目光抬举再抬举，我的内心
仍然，温暖而潮湿

而此刻
我能贩卖的只有窗外的这些云朵了
十多天的雨水已将它们洗得雪白。你可以
以云为骑，到达你想去的任意地方

每一朵白云赠送一块蓝绸

你可以用作头巾，或系在你脖子上

也可折叠成一只蓝蝴蝶，别在

他的左心房

2021-04-20　谷雨

流淌的山水

即使在洗心池

将自己泡上三天三夜

可仍有邪气，仍有嫉恨，仍有贪嗔痴

仍不能将有些东西彻底放下

俗人只能做山中客

可以小忘形，可以笑到露齿

可以摸摸老虎屁股，还可往脸上涂油彩，装神

去作弄或吓唬一些小鬼

青城七日（组诗）

进入

此刻，雨已停歇
青城山天师洞，万籁俱寂
一坛酒已所剩无几
沉重的肉身开始变轻，脚步飘忽

进入殿堂，众神端坐上方
肃穆的殿堂，庄严的殿堂
我得强迫自己，努力
勒住轻狂的马匹，扶正油灯的影子

道
从屋顶，从窗口，从门外，从地面
聚拢而来。这时
我必须进入一种状态，与神灵相谈
何谓天之道？何谓去欲还本？

莲池里金鱼游动
每一个气泡都是吐出的经文

莲花开到最后一瓣的时候
穿黑袍的人走了出去

为多难的人间站岗放哨

菩萨神灵在旁
他们不闭眼
我，怎敢睡去

今晚，我要
与他们一起，为
多难的人间站岗放哨。去

解救一些困惑
原谅一些无知
抓获一些小鬼
放行一些强盗

传道的神灵

晨，推窗开门
蜻蜓、蟑螂、毛虫依次进入

初升的太阳将它们镀成
与菩萨一样的金色

我急忙躬身相迎
它们，是为我传道的神灵

涮笔槽

青城山涮笔槽
深谷狭长、逼仄
一边是道，一边是法

这狭缝中除了我
还有挑夫，背夫，行客
我们都与地上的蝼蚁一样爬行
小心，又谨慎

愿少年回到少年

那个小小少年
一定背负了太多的愿望
他一路拾阶而上，见神就跪拜
他将头磕得咚咚直响
高高在上的神
不由得晃动了两下

他双手合十，念念有词
跪拜的姿势、真诚的眼神
像个虔诚的老信徒

下山时，再次看见他
他身轻如燕，跑得比风还快

愿少年
从此不受父母打骂
从此不遭老师白眼
从此功课门门一百分

愿少年回到少年……

烛光

晚饭结束出来
夜的模式已经打开
先生习惯性地攥紧我的手
轻声叮嘱小心脚下之路

青城山的夜黑得很纯正
不见月亮，不见一颗星星
烛台上的一对烛光，异常明亮
并肩而立，彼此照亮，彼此温暖

背夫

行走在青城山的背夫

与那些阳光下的小草小花
都是明亮的事物

他们将身子弯成一座拱桥，背着
三百梯，九道拐，舍身崖，一线天
到达天师洞，朝阳洞，上清宫，老君阁

他们背着太阳，月亮，星星
每一颗汗珠都是沉重的音符
砸在大地上，掷地有声

青城山雨

青城山雨被加持过
每一滴都是神丹妙药
可治人间百病

无药可救之人，病入膏肓之人
只需三滴青城山雨
便可，起死回生

清晨，天师洞

一天一夜的雨
将天师洞鸟声洗得清亮无比

通往菩萨的石阶又长了许多新苔
烧香拜佛的人走得小心翼翼

如果你想进天师洞喝杯雪芽
落脚时请务必看清脚下，只因

甜瓜道长的四只小猫咪
今早，刚刚学会爬行……

按掌心的纹路回走

傍晚，雨洗后的青城
植物们进行了交接仪式
不需盛大的交响乐奏
生命本就是一场迎来送往

凉亭里有人在轻轻吹笛
他的心里，有山峦在起伏
暮鼓声中，小松鼠的尾巴一扬
就卷走了夕阳

晾晒在西山头的锦缎
不知何时被哪家女子收走
夜色浓了，我提着一盏月灯
按掌心的纹路回走

只做山中客

不适合在青城山隐居
山中的菩萨太多，他们在
树梢之上，花朵之上，石头之上，溪流之上
一眼就能看穿我心里的小九九

即使在洗心池
将自己泡上三天三夜
可仍有邪气，仍有嫉恨，仍有贪嗔痴
仍不能将有些东西彻底放下

俗人只能做山中客
可以小忘形，可以笑到露齿
可以摸摸老虎屁股，还可往脸上涂油彩，装神
去作弄或吓唬一些小鬼

2020-07-02　青城山

在终南山（组诗）

听泉亭

坐在听泉亭，听每一股
泉水小心绕过石头
几朵白云落了下来，有槐花的清香

耀云师父在为病人把脉
一条叫慧熊的黑狗安静地趴在身边
像一团主人的影子

终南山还没入夏
山顶的残雪刚融化完毕
仍有冬日的遗风

喜鹊几天前回到了杏树上歌唱
旁边的两棵樱桃已开始涂抹胭脂
每涂红一点
鸟儿就飞来情不自禁地亲上一口

与每一株花草树木攀上亲戚

一直沿着河流行走
初来乍到
我得与每一株花草树木攀上亲戚

泉水清澈
能照得见每一座山峰的
前世、今生和来世

终南山
每个山洞都住有一尊佛
每块石头都有自己的法号

水边，我学石头打坐
一只喜鹊飞过，念了一声
阿弥陀佛

枯木的记忆被他轻抚的手唤醒

一块枯木的记忆
经他轻抚的手唤醒了
它开始记得每段时间的刻度

来自哪个山川哪片森林

经历多少风霜，多少雷电，多少战火
住过哪座庙宇哪座殿堂
经过多少繁华，多少荣辱，多少成败

它时而低吟，如清泉细流
它时而高亢，如战鼓擂动
它时而悲怆，如屈子呐喊
它时而忧伤，时而欢喜，时而沉静

窗外，几朵白云飘过
小杏子在风中又落了一地
它刚好说到某年某月的某一天
我们相遇，又别离

我必须要让自己飞起来

雨后的蓝蝴蝶真多
乍一看
像是一小片一小片灰白的枯叶
打坐在水边，如老僧禅定

我经过时，它们竟飞起来了
一瞬间就刮起了蓝色的旋风
这些旋风是飞翔的花，是开花的蝶
在阳光下大声尖叫、飞舞

它们是终南山的宝贝
为了不踩伤它们
我必须要让自己飞起来

让他们去试试水的深浅

山中的石头，还有修行之人
他们都习惯打坐、沉默如山

偶尔，一年半载
山神会让他们动一动

它将他们推下山
让他们去试试水的深浅

杀生

终南山，是佛教和道教的圣地
是不能杀生的。可我
还是拍死了百十只小墨蚊

刚开始我并不想杀它们
它们那么小，几千只也抵不过我一个巴掌
我不想落下大欺小的恶名

可它们非要挑战我的底线

一群又一群
往我眼睛钻，前仆后继

忍无可忍，我杀了它们
我决不容忍这小小的墨点
抹黑我心灵的窗户

访高人不遇

在高处的人叫高人
他们离神最近
有着非一般的智慧
能领会和传达神的旨意

在终南山
你必须多翻几座山
你得将自己缩小，缩矮
才能寻访到高人

可我们仍没有寻到
高人云游未归
藏獒和猎狗站在高处看我们
一脸的傲慢

提灯的动物

终南山之夜，万籁俱寂
众神都已入定
有提着两只绿灯笼的动物出来了

这些动物多光明多坦诚啊
每次夜间出门总要提两盏灯笼
以提醒，以警示，让人提防

不像某些卑鄙的人，习惯
蒙着嘴脸偷偷摸摸，总是隐藏在黑暗处
设陷阱，放冷枪

2020-05-30

白鹿镇

1

街道、广场、房屋……
一切都那么新，那么艳丽
像刚完成的一幅水彩画

耸立的天主堂，磅礴的上书院
重新化妆立正，站成骄傲的姿态
比它们年老，比它们高大的
是四株挺拔的千年银杏

而我，确实来晚了一步
好多东西不是成了遗址，就是
已被易容。我不知道
该面对谁，抒情？

现在，我只想寻找
一处废墟，找到白鹿镇的青衣长衫
或绣花小鞋。抱着它们
而，默默哭泣

2

白鹿镇
满大街都是尖房顶的法式房屋
没见一只白鹿
多少让我有点闹心

当街头中央牌坊上出现"白鹿"
不知是赌气，还是故意
不由得将"白鹿"二字念得
分外重了些

就在这时，猛然看见
一只白鹿从一个三层窗口跃出
停在窗外的一个支架上
晃晃悠悠

我捂住嘴不敢再叫了
生怕惊得这唯一的白鹿坠地身亡
从此白鹿镇，就再也
不叫白鹿镇了

2020-09-30

诗意乌镇（组诗）

抵达

到达乌镇的时候，已近中午时分
其实，几千年前我就开始出发
然而，尘世迷离，山高路远

多少轮回
彼此已不是曾经的模样
我挂在胸前的石头
是你相认的唯一信物

漂在水上的乌镇

乌镇，是漂在水上的床
人们在上面繁衍、生息

勤劳的阿婆们忙着洗洗涮涮
船夫们吆喝得风生水起
摇着尾巴的黄狗站在岸上，看
洗衣的女子，把水中的影子一圈圈搅碎

水阁重重，飞檐斗拱
小桥、流水、人家
在江南才子们的诗句里，风光旖旎

桥，是乌镇的眼睛

每百步之距，便有一座桥
砖桥，石桥，木桥……
像守镇卫士，千百年来保持同样姿势
风，是它们话语的传递者

它们是古镇的眼睛
看尽了荣辱兴衰人间过往
只是，它曾看见当年
一个着青衫的男子捧着一本书卷走过

乌镇古巷

浙西老邮局、余榴梁钱币馆，
江南百床馆、江南民俗陈列馆、三寸金莲馆……
世家名流和豪门望族在这里争奇斗艳
每扇门，每根梁，每垛墙都在开口说话
默默地讲述着乌镇的故事和传说

一声声吱呀，木门打开
许多历史人物与我迎面而来

张杨园、沈平、严独鹤、严辰、孔另境、茅盾……
或匆忙，或踱步；或严肃，或笑颜

经过戴望舒的雨巷，没见
撑着油纸伞，像丁香一样结着愁怨的姑娘
取而代之的，是两个鲜若桃花的女子
戴着时尚的遮阳帽和太阳镜
回眸，朝我盈盈一笑

坐在乌镇的时光里

此刻坐在一段时光里，看一场旧戏
戏台是老了的小巷，青了的砖墙
悬挂在长廊下的红灯笼，是最好的装饰

时光，斑驳了曾经的一切
当年，骑着高头大马的新郎迎娶过他的新娘
顽童们点燃的爆竹，曾在小巷深处炸响
青石板上的脚印，曾踏碎过多少如水的月光

如今，苔藓满地，朱门紧锁
偶尔有人撑船而过，一竹篙点下去
桨声灯影，轻轻浅浅
一不小心，便惊扰了沉睡的梦……

蓝印花布

蓝印花布，漫天起舞
有纷飞的蝶、嬉戏的鱼，风中的鸟、草原上的
　　小鹿……
还有，那匹高挂在长竹竿上的雪花
仿佛还没有在瓦楞上完全融化

它们，是陈年的老酒与旧梦
条理清晰的纹脉，有山野的气脉和时光的表情
他们在自由地对话着，细数着似水的年华里
曾经激情飞扬的往事，那些美丽动人的爱情……

而我，想送一块布料给母亲
只因，想起了父亲曾经说过的话
　"第一眼看你母亲，头顶一块蓝色头巾，好美。"

带一枝乌镇的薰衣草给你

紫霞漫天，这里就是普罗旺斯
凡·高调色板上少的一块颜色，就落在了这里
来看薰衣草的人们，大多不知童话王国的故事
他们只是忙着追逐、嬉戏、拍照

那些朦胧的霓彩，梦幻而神秘

在你波光潋滟的瞳眸里，不知
哪一道秋波更能触动你心底之弦
哪一泓秋水更能漫进你温柔之乡

请允许我带一枝薰衣草给你
作为书签，夹在你床头的诗集中
当你想我时，就闻闻薰衣草
花有多香，我就有多爱你

2015-10-27

西江河

1

西江河是龙王的河
他每天早晚巡河两次
熟知每只蝴蝶并能准确叫出它们的名字
熟知风的脉络并能预测下次的走向
熟知一只蜗牛的爬行速度还不及一只蚂蚁

此外，他还收集
清晨的雨露和欢快的鸟鸣，收集
云朵的自由和天使的微笑
酿成酒，酿成诗
来慰藉他子民的疾苦和忧伤

2

西江河流得很慢
即使这样，新泉老师也跟不上它的步伐
"唉，走不动了，我就坐这儿啦。"
他多像个耍赖皮的孩子啊
一边说着一边就在桥头坐了下来

西江河像宠溺他的父亲
将他轻轻地抱在怀里
风中，他满头飞舞的白发
似芦花，似旗帜

3

西江河从来是朴素的、安宁的
第一次面对那么多诗人，他
有些拘谨和慌张，他下意识地
修正自己凌乱的细节，怕他们窥见身体上
微小的残疾，而感到烦躁和不安

但他的担心纯粹多余
诗人们只是对这壮丽和虚无的人间
以及稀疏的废墟、荒草，故作感慨。只有
一位沿西江河走来的客家人，对他默默注视
泛着深情、明亮的泪光

4

这已是初冬，万物萧瑟
令我们赞美歌颂的东西少之又少
让我肃然起敬的是
矗立在西江河边的烂尾楼

它有着一种神秘的气质

这是我们百年后的骨骸
每一节骨里仍持有闪电和风暴
时不时发出雷霆之声
让这个世界，忽然清醒
或，感到某种不适

2019-11-23

在柳街（组诗）

薅秧者

田间，整齐的秧苗
纵横有序，它们是柳街的
五言七绝

薅秧者是田里的稻草人
会跳好看的舞
会唱好听的山歌

他们踩着每一声鼓点
不需要风
也能让大海绿波荡漾

他们用脚布阵
长蛇阵，雁行阵，鱼鳞阵，方圆阵
穿红花衫女子将车悬阵布得最为精妙

他们用竹竿写诗，平平仄仄
每一字每一句都经过了严格的推敲
前无古人，后无来者

站在田坎的都是诗人
此刻，在这些薅秧者面前
他们着实感到了羞愧

猪圈咖啡

这曾是一个农家的猪圈
住着一群快乐的大猪小猪
它们在川西林盘的柳街相亲相爱，生儿育女
吃了睡，睡了玩，玩了吃
偶尔，它们也会爬上高高的树或围墙
看墙外的红尘风起云涌

不知什么时候起
主人丢下它们去追求诗歌和远方
从此，猪圈空空如也
一个叫宋建明的精明商人看出了猪圈的无限商机
"凡是猪待过的地方都是福地"。于是
将猪圈重新整改名为"猪圈咖啡"

来这打卡的人大多文青装扮
他们在猪圈，一边喝着猪槽里的咖啡
一边笑看世事的浮华与虚幻
仿猪一样大智若愚。几缕阳光飘来
他们像猪一样安详。但有时
看见花开花谢，他们又像猪一样哀伤

2019-07-31

问瓷 听瓷 读瓷（组诗）

问瓷

一声哐当，惊世骇浪
沉睡了七百多年的美人醒来了
这不是坑，是美人窝
是宋代的美人，皇帝的妃子

雍容端庄的皇后，惊艳绝伦的贵妃
千娇百媚的贤妃，还有花容月貌的
昭仪、婉容、婕妤、才人……

是谁，七百年前
把你们从千里之遥的江南带到了四川腹地
藏在了一个叫金鱼村的地方？又是谁
让你们服了大剂量的安眠药沉睡不醒？

一副茫然
哦，你们全失忆了

听瓷

闭上双目，你会听到
釉面开片时的美妙，如涧如泉、如琴如铃
甚至，你还会听到

花开，鸟鸣，清风
林涛低吼，江河咆哮
山泉叮叮咚咚，情人窃窃私语

这大气磅礴的交响乐
凝重又轻快，将每个灵魂洗得晶亮
让生命再一次长出新翅，飞翔

一切归于平静
才知，原来所有的声音
皆出自于我们内心

读瓷

每件宋瓷，都是一部道经
看似春水明月，宁静典雅
在方寸之间
它隐藏了波澜壮阔，苍茫浑厚
修道，只需读懂宋瓷

它将冲突、对比、排斥、残缺
揉成方圆，自然合一
将爱恨、情仇、忧伤，填成一阕阕宋词
有晏几道的婉约，也有苏东坡的豪放

读瓷，只需找准经络的走向
就能在纷纷扰扰中找到生命的源头
它们来自于土，来自于火

它们的来处，也是
我们未来的归处

2018-12-14　晚

放情辉腾锡勒（组诗）

只需轻轻抱我上马

每想你一次
你就会多一只羊，一朵花，一棵草
五年了，辉腾锡勒
我的思念已泛滥成灾。想必
你也花草如海，牛羊如云

此刻，我在郑州机场
需要停顿一会儿
按压一下狂跳的心
重新来一次
梳洗、描眉、扑粉、上红

你要站在路口
牵上那匹枣红大马
见到我时，什么都不要说
只需
轻轻抱我上马

黄花是治愈我们的良方

小小的黄，像经幡
在绿色的海里摇曳，摇曳
每一阵风吹来
都能听到它们诵经的声音

我们是一群生了病的人
自私。冷漠。孤独。潦倒
空了壳的灵魂，干枯而荒凉
得不到救赎

此刻
一场浩大的雨正为我们洗礼
佛光浩荡，大地悲悯
神在我们举头三尺的地方，说

孩子，黄花就是治愈你们的良方
它比大地高出一寸，可洞察九天之外
能让你们卸下心中的欲望，放下尘世的刀剑
像小草一样谦卑吧，只要
用足够的修行与善念，也能立地成佛

篝火燃起来了

篝火燃起来了
三百六十万细胞开始手舞足蹈
浸了酒的舞步，总踩不到乐点
颤抖的双手，总接不住飘来的歌
火焰摇晃，明月摇晃，群星摇晃

我们是从诗里走出的羊
为了寻找梦中的草原
越过千行雾霾，发臭的河流
来到辽阔无边的辉腾锡勒

这热情的火呀，让我们的血液回暖
是这炽烈的爱呀，让我们不再孤单

多少年了
我们体内的灵魂与骨骼
已潮湿、发霉，毒性蔓延
和着这些木块一起燃烧吧
让熊熊的火焰，将我们重新涅槃

岱海

"凉城的灵魂是海恋
它的感人魅力也是海恋"
心，就这样悄无声息地抵达你

芦苇飘飘，飞鸟翩翩
昨日的一场雨让你丰满了不少
蜻蜓是天上裁下的小小蓝
落在我眼前谈情说爱

面对辽阔的你
我将自己掏空再掏空
赐我一滴神水吧
再念一声"阿弥陀佛"

2018-07-24　辉腾锡勒

醉在仙峰（组诗）

雷劈石

一道霹雳炸响之后
刹那间，一块巨石被一分为二
像一颗心，被生生撕裂两瓣

我赶到时，已是千万年之后
它的伤口依然这么深，这么深
流淌的血泪早已干枯成石。上面
有小草在生长，有藤蔓在缠绕，有鸟儿在歌唱

我不明白，谁对它有如此深仇大恨
为私欲？为权利？为争斗？为爱情
它沉默无语，任由经过的人们议论纷纷

一个女孩，她身轻如燕攀上石顶
展翅、挺胸、眺望……做各种造型
眼看她要接近裂缝时，我惊呼一声
不要，它痛！

苗王谷

像做了一个梦，一不小心就坠入了谷底
这是一个陌生的境地
绝壁，危崖；狭窄，险壑
绿草青青，鲜花满地，蜂蝶飞舞

苗王刚刚离开
山谷里还有他的笑声在回荡
溪流有些慌乱，跌跌撞撞的一路追赶
蝴蝶还没来得及采下一朵花

只有那些怪石还在沉睡，鼾声四起
煦暖的阳光照耀着它们
云朵，梦想，爱情
在它们的童话世界里悄悄生长

我终是与他无缘了
赶了几百里的地，一路风尘仆仆
最后是长叹一声，独对着
一线天，久久凝视

记住仙峰

面对仙峰山的伟岸与坦荡，不能

浅薄，傲慢，贪婪，妄取，得学会
优雅，内敛，高贵，谦逊
可，我还是放肆了
在奇绝险峻的黑洞沟里，在一棵千年银杏树前
我被它们折服，又被它们诱惑
敞开嗓子大喊大叫，忘乎所以

一千多米的海拔，挡住了
俗世的喧嚣与纷乱。多想
学一回陶渊明，在这世外桃源里
搭一间茅舍，喂一群鸡鸭
在一亩三分地里，种花，种诗，种月亮
在一杯茶中，享受日出日落，花开花谢

在仙峰，需要记住的东西太多了
黑洞沟，高山好，千年银树，苗王谷，还有
每一块石头，每一棵树木，每一株花草。以及
豇豆，青椒，玉米，莲白……
还有你，你们
都将化作我诗里的长短句，植入我记忆的深处

2016-08-13

与油菜花的一场约会

1

当春天的铃声摇响第三遍时
我以每小时三百码的时速
刚好抵达

仪式太过隆重豪华
三万亩的金黄将十万里的天空
映得 灿烂辉煌

尽管来前我做了精心的装扮
但在她面前
还是能榨出一个俗来

2

她有非同一般的美
不像蜀国的油菜花，开得没心没肺
像没出过山没见过世面的村姑

她有琼江的灵气

她有道家的思想
她有仙风道骨的气韵

她生在红色的土地上
她的身上流淌着烈士的鲜血
她有英雄的气质

每株油菜花都值得仰望
哪怕最矮的那株
也高过了我的头颅

3

她的美，大气而磅礴
不是一眼就能看尽的。我必须
从多方位的来欣赏她。于是

我搭乘小火车，登上游船
在奔跑中看
在流动中看

我爬上陈抟山的最高处
从立体的角度看
从历史的角度看

我从近处看，从远处看

从细节看，从整体看……
不知不觉地竟忘了归途

真感谢一只蜜蜂的引领
要不然，我走不出
这辽阔的版图

4

即使我的爱
比阳光还炽烈，比琼江还深沉
可依然不敢说出半个爱字

她是属于潼南的
她是属于琼江的

我只能悄悄相思
将沾在衣袖上的花粉，收集
在一个青花布袋，挂在梦的路口

于是
我的每个梦里，都有她
沁人的芳香

2021-04-10

元通汇江

两年未见
汇江瘦了，瘦得筋骨爆裂
打着赤脚之人在它露出的筋骨里翻找
蟹、虾，或者刻有记忆的石头
几只白鸟衣袂飘飘，以骨石为弦
将元通，弹得回声缭绕

永利桥愈发弯曲了
车辆已禁行
我走得小心又轻盈，生怕
百斤的肉身压断了它一千六百多年的脊梁
几片红叶飘至它的怀中
身子温暖，如刚断气之人
它轻轻抱着它们，眼神空洞

岸上，坐在夕阳下的人一脸安详
一群女子载歌载舞婀娜多姿
落霞将江水搅得通红，然后又悄悄退去
如一场艳遇，来去匆匆
堤岸，柳条如帘
是谁，在帘子后一言不发

2019-04-28　元通古镇

紫霞山

一直以为紫霞山上
住有得道高人或紫霞仙子
这，成为我登紫霞山的理由

山势陡峭
几千级石梯一眼望不到顶
我一步一级向上
阳光从枝叶里投射而下，像无数的天眼
我不敢有丝毫的造次

李子花，樱桃花，一树树地开
白得如刚落下的一场雪
松树、柏树、桉树、马尾松
依次从身边排队而过

山顶，没见高人，没见仙子
几片落叶在亭子的长凳上酣睡
打着呼噜，轻轻翻身
风很柔，有一种安抚的力量

俯瞰下面的百工堰和阳光城

一个是块碧玉，润泽透明，熠熠生辉
一个是用阳光砌成的城堡
里面住着一群快乐的精灵

下山，遇见倚仙石
满身造型各异的窟窿，似无字天书
一只蝴蝶停在上面，翅膀每扇动一下
就有蚂蚁带着一些秘密出来

2018-02-24　龙泉紫霞山

洛带八角井

我想，那口八角井一定认得我
幼时，父亲常带我到洛带公园
他和一帮朋友喝茶、聊天、打牌
我除了看蚂蚁搬家和鸟儿筑巢
更多的是坐在八角井边和它说话
只有它，是我最忠实的听众

那时，有许多秘密恪守在我心里
生性胆小的我不敢对任何人说起。如
隔壁牛娃偷了秀珍婶的地瓜
阿三和桂花躲在玉米地里亲嘴
狗娃用弹弓打死了吴寡妇的鸡，还有
我喜欢，那个叫作春生的小男孩

开心的时候，我
唱歌给它听，跳舞给它看
我喂它花生、水果糖、天鹅蛋
也生过它的气，因为它总是不哼不吭
我朝它吐过口水，扔过石子
甚至，拿着树条鞭打过它

那时，没人给我讲过阿斗的故事
也不知道井里有他落下的玉带
我落下过一把梳子一面镜子一支铅笔
有一次，差点把我也落了下去
路过的叔叔抢先了一步，抓起了我的裙带
可落了我心爱之物，一只新凉鞋

后来，和它待的时间越来越少，我要
读书写字、扫地洗衣、养小兔子
再后来，我离开了家乡
求学、工作、恋爱、结婚
八角井离我远了，曾经一些
春天的往事和秋天的惆怅，也远去了

我再回来的时候，已是中年沧桑
它变得时尚、光鲜。一群人对它
恭敬有加，阿谀奉承
它忙着给他们签名、拍照、留影
我用客家话和它打招呼，它一脸愕然
认不出我是谁了，更叫不出我的乳名

2016-01-12 洛带古镇

玉皇山

玉皇山果然有玉帝的气魄
我们来时，他让文官大将，山神
全出来迎接，并致以最热烈的欢迎词
他大手一挥
杏花，桃花，梨花，油菜花都开了

他吩咐用上好的菊花泡茶
安抚我们劳顿疲乏的马匹和身体
然后端出一桌的山珍美味
接着，又开启多年的琼浆玉液
他想把我们醉上三天三夜

他还想强留我，故意布下迷魂阵
让我在十万座山峰里千回百转
他让我欣赏他绝世惊艳的妃子美人
他让我游览他如画如诗的锦绣江山
甚至，还故意泄露他富饶的宝藏

可我终究还得下山
人间的使命还没完成
我上有老下有小，以及那个
翘首期盼与我一同白发的人
还在人间等我……

2018-03-10 玉皇山

在西村三号

在西村三号，靠窗的位置
有三杯绿茶，两杯红茶
阳光很暧昧，抱抱这杯又抱抱那杯

两位诗人在吞云吐雾，一位忙着电话会议
我和青青摆弄一株叫蓝色妖姬的布艺花
只因它没吸过天地精气，没经佛陀加持
无论我们怎么努力，始终毫无生气

窗外，挂在树枝上的
一片绛红色枯叶，像老和尚的
破袈裟在风中摇摇摆摆，而那些
落在地面上的叶子，异常明亮

它们是开了光的经书
几只麻雀在上面跳来跳去
每啄一次
便吞下一个古老的经文

2019-12-11

美人不寂寞

穿过唐代的长廊
缓缓走上漫香亭
她是携着一片海来的
海面上有红色的浪花翻滚

左边堰塘，有莲在水面打坐
鱼在一旁，轻轻念经
对岸，坐在轮椅上的女人
是她男人眼里开放的一朵莲

右边是菊园，她蹲下身
深情亲吻了其中最美的一朵
有桂花飘了下来
她将这些花香拾起，放进袖口

再往前走，是百草园
那里有低唱的油蛉，弹琴的蟋蟀
还有一条皈依佛门
即将修炼成仙的赤练蛇

她的身后，一个诗人

将她走过的足印，排列成
一首深秋的诗，名曰
美人不寂寞

2017-10-20　莲花堰

英雄花

我是迎着你的一束红光
远道而来的。如一粒沙尘
贴在你炙热的胸膛。燃烧我吧
我虔诚地祈祷，让我浴火重生
哪怕，成为你脚下的一株灵草

天下那么多花，成千上万
唯有你，称作了英雄花
曾经，你闯过了多少雄关漫道
你的血，染红了沙场染红了自己
终于成了英雄，让人敬仰

今晚，月光慈悲
露水沾湿了我的马蹄
我们的头顶，星光闪耀
英雄，我要与你喝上三大碗酒
直到，我的身体里玫瑰盛开

风，吹响了号角
每一片花瓣里有烈马的嘶鸣
呜呜……呜呜……你在吹奏吗

声音低沉而忧伤

是不是，你也有许多不能言说的痛

就像我，也有许多流不出的泪

2017-10-10

东坡湖

我只能说，它像一幅画
太过于安静，没有风，没有浪
我想，东坡也是不喜欢的
他的大江应该是奔腾的，豪情万丈的

利欲熏心的人们总是自作聪明
把一条江圈养了起来
建岛，栽树，种花，并将一群群鸟赶来
再为它取个好听的名字"东坡湖"

十一层楼的观景台
应是超过了许多事物的高度
但我无论再极目远眺，那些高楼
还是挡住了岷江的来龙去脉

2017–07–09　午后　眉山东坡湖

与屈子

1

你跳汨罗江的时候，楚国的都城
已被秦兵攻破。那个昏君，
正在看一群舞女搔首弄姿。他的
怀中有美人，嘴里有美酒，耳边有美言

外面的厮杀声，震耳欲聋
他听不见。你落水的声音
他更是听不见。即使听见了，又如何？
他的眼中钉肉中刺，拔出总比留着的好

2

其实你，沉不沉江都得死
你早已得了一种绝症——"独立不迁"
于是，被打压，被排挤，被流放，
被折磨得形容枯槁
没人能救得了你，就连渔父见了也
摇头苦笑，鼓枻而去

识时务者为俊杰，可你为什么
"举世皆浊我独清，众人皆醉我独醒"
苟且偷安随波逐流，可你为什么
宁为玉碎，不为瓦全
你问天、问地，问过世间所有
你悲怆哭喊，这是为什么？为什么呀？

3

也只有那块石啊，能解除你的烦恼
也只有汨罗江啊，能安慰你的痛苦
汹涌的汨罗江，浩荡的汨罗江，替你
咆哮愤怒，呜咽不平

两千多年了，好多人都快把你忘了
我也只是在端午时读读你的诗词。可
每次读的时候，就会引发我
头痛，急喘，颤抖，血压上升……
这一个个的字啊，像你上翘的胡子
硬如钢针。扎得我
胸口剧疼，泪水长流

2016-04-15

拜访薛涛

1

我不知道，自己是不是
太冒失了，两手空空就这么来了
第一次拜访你，至少
应该怀抱一束鲜花，或者
手提两包你爱吃的大唐糕点

深秋的望江公园
各样的色彩，如你制作的彩笺
井虽干枯，可那台座上的莲花
却一直开，一直开
开成了石花，永久不衰

茂盛的竹林，是你几百年前
就布下的迷宫。我问
打太极的老翁，跳绳的女孩
他们都认识你，好像
你就是他们家的邻居
"在前面呢，拐过弯就到了。"

到了你的门前，可抬起的脚
慢慢又退了出来。因为
我听见了轻微的鼾声。昨晚
你是否与元稹、白居易、刘禹锡、杜牧……
吟诗歌舞，把酒言欢，玩了个通宵？

外面，满地的落叶是你丢弃的诗稿
我将它们拾起，诵读
"花开不同赏，花落不同悲。
欲问相思处，花开花落时。"
"唉——"，里面一声轻轻的叹息

2

今天，你的小院
爱过你的男子纷纷复活。他们
念着你的名字，抚摸你坐过的石凳
在你留下的粉笺上叹息、流泪

背琴的女子，长发飘飘
蹚过秋日的荷塘，在
最后一声蛙鸣里抵达。她
要继续你未完成的断章

此刻，十二人的圆桌
十一人已各就各位

云天之外的你，回来
时空之外的你，回来

我们只喝酒，不谈
狗血的爱情，不吟诗不作词
醉卧在秋风里。直到
红潮消退，大海平息

2018-09-28　晚

季节的光盘

以黄金一百八十度为分水岭

这一刻，秋开始走向自己的深渊

天高云淡，草地青黄

每一寸，都织着人间的绵软、暧昧

世间辽阔无边

画纸装不下，眼睛也装不下

立春

好多东西，都在噤声
只有风，如张牙舞爪的泼妇
依偎在枯枝上的两只麻雀
战战兢兢说着一些秘密

神，从远方正大步走来
想赶在万物醒来之前
在五色幡、风马旗，玛尼堆一次次诵经
让它们，一睁眼就能看见春天的花朵

还好，这个世界没有走样
包括信念和良知，以及石头和神话
缭绕在房顶上的炊烟，仍旧是
我熟悉的人间烟火

我的四肢，开始回暖
不再用僵硬的姿势，在世间行尸走肉
风，在我体内来回激荡
冲撞着我的骨头和经脉
每隔几秒，全身就会痉挛一次

这是一种甜蜜的疼痛
此刻，春天的唢呐声越来越嘹亮
二十三点三十四分，一个崭新的我
将在我体内分娩……

2017-02-03　人日·立春

雨水

阴交给阳，冬交给春
并不是简单交出，须经过
一场激烈的阶级斗争
此刻，你体内一定

有水，逆流而上
在心经路口慌乱撞击
你唯一能做的是在纠结的痛处
来个，一针见血

这个时候
你得止语，学会内观自省
让萌动的心再静一静
等雨水降临时，看

荒凉的大地如何返青，看
那些老朽的身体，被注入雨水后
是怎样，生长青春的原欲

2019-02-19 雨水

惊蛰

爱人估计受了风寒
偏头痛又犯了
这一次，他又轻信了春天
以为春风是温暖的、祥瑞的，却不知
春风也会让他皮肉痛、骨头痛

他过于天真，以为
朗朗乾坤再也没有刀光剑影
不用再穿厚厚的盔甲，殊不知
一些暗战仍在持续。至今
胜负不明

而我，固执地认为是邪恶作祟
这一日
我持清香、艾草，熏家中四角
驱赶所有蛇、虫、蚊、鼠，以及瘟神
用木屐拍打纸偶
再在门槛外，撒下石灰，拦截
鬼怪，妖魔，和小人

2016-03-05　惊蛰

春分

此刻，万里江山已是锦绣如画
来来来，这大好的春色朕将与你平分

分一半阳光给你，分一半雨水给你
分一半蓝天给你，分一半云彩给你

分一半城池给你，分一半疆土给你
分一半勇士给你，分一半美人给你

分一半海水给你，分一半火焰给你
分一半爱情给你，分一半春天给你

最后，再分一半好酒给你
春风不喊，我们不醒

2020-03-20　春分

清明

早晨。雨
被压抑着，悬在半空中，没落下

太阳，从云层出来
笑得做作，笑得，比哭还难看

梨园，给母亲拍照
花影投在她脸上，一半是明媚，一半是忧伤

午后，去看父亲
他睡着了，怀表还在他胸前嘀——嗒，嘀——嗒

傍晚，最爱我们的大姨妈走了
听说她给我们包的艾馍馍，只差了最关键的那道
　程序

夜半，第一声春雷后
悬了一天的雨，终于落了下来

2017-04-04　清明

谷雨

最后的盛宴已摆开
可许多的位置还空着
他们没有收到春天的信笺

满园的玫瑰和月季
开得如火如荼
爱情已远，盛开也枉然

一滴谷雨，敲响春天的暮钟
它吐出最后几口血
将四月的樱桃染得彤红

2020-04-19

立夏

四个诗人坐在立夏的杏树下
满树的杏子刚步入青春期
还需经历烈日的淬火和雨水的丰盈

他们没有谈诗
只谈及了这个春天被省略的章节
和春天的一些后遗症

立夏之月，缺而未圆
欠缺的那一小部分
还有两天两夜的路程送达

2020-05-05　立夏

小满

夏还未央
荷才显尖尖角
小麦刚露锋芒

红楼梦才刚读到八十回
黛玉还未死
宝玉还未出家

预备铃才响第一遍
你骑着单车赶来
乌黑的长发在风中飞舞
青春的乳房刚刚饱满

2019-05-21　小满

芒种

污染、病毒、转基因
世间已无良种
大地的子宫患癌症三期
无孕可育

芒种，无种可种
世人忙着击鼓甩锅，忙着
吐槽，打群架，忙着
青梅煮酒论英雄

2020-06-05 芒种

夏至

现在还远没达到熔点
需所有的荷开尽
需所有的蝉声冲破天空
需所有的爱燃成熊熊烈火

我的城
属草木结构，年久失修
只需一个字就会着火

你的体内
携有盛大的火焰和旋风
请离它，半步之遥

2019-06-21

小暑

大汗淋漓，胸闷气短
阴阳两股恶势力交锋正急
我夹杂其中，被烘烤，被湿蒸

我知道，此刻，你也
与我一样受着这般折磨，你说
快，我要凉风，我要绿豆汤

我们不要企望谁来救了
神仙打架向来都是凡人遭殃
蟋蟀钻入了地下
老鹰也飞至了天涯

这一刻，需要静下来
想象一些美好的事物
比如，盛开的荷，甜蜜的爱……

2017-07-07 小暑

大暑

大暑，大雨
诗，被一场雨打湿了

但每个字仍是一座火山
一笔一画都是流淌的火浆

还需七七四十九天
经历三次死，三次生
才能抵达秋的湖泊

2020-07-22　大暑

立秋

秋已至，夏未离
一个急于攻夺，一个绝不放弃
如两军对垒

一个政权取代另一个政权
从来就不是一帆风顺
往往是血流成河，尸骨成山

我只是一介凡夫
羸弱之力
既不能翻天，也不能覆地
不如来个　隔岸观火

2019-08-08

处暑

蝉之声越来越高亢
黍、稷、稻、粱也齐聚登场

一切远未结束
一切才刚刚开始

亚马孙的森林之火刚烧得正旺
我们逃亡之路还没完全阻断

我们比老虎狮子猎豹跑得还快
我们仍可苟延残喘

地球还没有形成火葬场
我们还未化成灰，化成黑土……

2019-08-23　处暑

白露

雨止。上山
我们不必登至顶峰，只需
截块半山腰的云朵，沏一壶茶
两朵桂花入杯，香微微荡

门前桃树，水珠悬挂叶尖
进出时你都是弓身而过
生怕碰落其中的任何一滴。你说
它们是桃花未流尽的泪

雾起，有人弹唱
"蒹葭苍苍，白露为霜。所谓伊人，在水一方……"
你起身，续茶，递与我时
两朵桂花，摇晃得多美

2019-09-08　龙泉山

秋分

以黄金一百八十度为分水岭
这一刻，秋开始走向自己的深渊

天高云淡，草地青黄
每一寸，都织着人间的绵软、暧昧
世间辽阔无边
画纸装不下，眼睛也装不下

瞳孔一灰，世事便虚无了
回头时，发现时光已轻饶了我们
生命已过半，这一刻
我们放弃了各自的执拗，选择握手言和

所有的对立是源于爱
所有的和解也是因为爱

2020-09-22　秋分

寒露

真不愿提及这个"寒"字
爱人感冒多日，打喷嚏流鼻涕
大红的披风将他温暖包裹
他靠在宽大的躺椅上
安静得像襁褓中的婴儿

儿子八天的假期已结束
明天凌晨，他将离开成都前往鹏城
席间，他将第一筷菜夹给了我
喉咙忽然发哽

节气就这样悄悄来临
水雾渐渐弥漫开来
最后凝聚两点
一点枫叶红，一点菊花黄

2020-10-08　寒露

霜降

此刻
我坐在黄经二百一十度
秋风正为万物诵经
远处的寺庙，暮鼓声响

敲一下，满山的叶子又红了一片
敲两下，母亲的头发又白了一层
敲三下，你我的距离
又多了一丈……

2016-10-23

立冬

1

荒野寂静，如古墓
两朵喇叭花在风中独自清欢
繁华落幕，生活回至本色
我在简约的诗行里，素心如兰

日子在岁月中不断更替
我看见一万年前的老祖母，怀抱一捆柴薪
迈进冬日门槛。深秋的最后一朵
桂花，刚好落在她新绾的发髻

2

今日之后，有些事物就老了
它们多病，易伤，任性且小气
怕孤独，更怕被冷落
我们需得娇惯它们一点

就像我八十岁的母亲
一旦心里有委屈时，就爬上楼

望着墙上的父亲哭，犹如
她年轻时常在父亲面前撒娇，而每次
父亲都会以微笑，来安慰她

2019-11-08　立冬

小雪

小雪，雪未至
但风提前带来了雪的消息

母亲比往日多穿了三层衣服
即使这样
母亲的体重也未超过八十斤

不知从什么时候开始
母亲每天以一点三克的重量
在减轻

真担心某一天
母亲轻得像一片雪花
飞走

2020-11-22 小雪

大雪

大雪。无雪。阳光灿烂
院子里，横七竖八的竹竿上晾着
被套，床单，毛衣，外套，裤子……
如飘扬在风中的经幡

母亲来来回回地，像
织布机上的梭子，来来回回地
将竿上的这里抖一抖，那里拍一拍

最后，她停了下来
指着一处空着的位置说
原来你阿爸的衣服都晒在这儿
这儿太阳大，风大，衣服最容易干

母亲说这话时，身子
开始颤抖不止。我知道，此刻
一场纷纷扬扬的大雪，如刀片般
正划过她的心……

2016-12-07　大雪

冬至

好多好多雪白的羊
如忧伤的云朵

提着长刀的人进来了
那些羊，躲啊逃啊
整个羊圈，像飘着一场鹅毛大雪

我夹杂在其中
跟着它们拼命地跑啊跑
咩咩咩地高声喊救命

羊圈外是一群观战者
羊叫声越是凄厉
他们的兴奋就越是高亢

天亮了
与他们围坐一桌吃羊骨汤锅
我认得其中一块
那是我的骨头

2020-12-21　冬至

小寒日

小寒。湖畔。白鹭
或交颈嬉戏，或衔羽啄水
一只鹰嘎然飞过
事物与记忆的边界，落下的粪便
是大地的一枚印章

众梅喧哗，惊落一树薄霜
年轻人府库丰盈
大把大把抛撒黄金白银
摆设在棋盘上的困局与美景
阳光下有玛瑙般的光芒

我从蜘蛛网里抽身出来
一路回走，检验
行路中每一桩末枝细节。重新
回到少年，学习婴儿再一次诞生
重新涵藏群山百川，重新虚怀若谷

2019-01-05　小寒

大寒日

没有比这更冷的了
黛玉已死
贾府繁华已落尽
宝玉已出家
白茫茫的大地真空寂啊

世间
还剩下最后一座庙宇
还剩下最后一个菩萨诵经
还剩下最后一面鼓，等待
一声春雷，敲响……

2021-01-20　大寒

第六辑

生活的皂荚

只因抵不住一朵花的诱惑
在风中，她的惊鸿舞跳得多美啊
我一步步走向她，走向她

就在我与她靠近之时
忽听四面嗖嗖嗖的箭飞来
转眼间，我被射成了刺猬

被兔头反咬了一口

黄昏，路过"老妈兔头"
飘出的香味极力撩动我的胃
进店，要了两个兔头

啃兔头的时候
不料，一只兔头重新活了过来
被它狠狠反咬了一口

鲜红的血，从嘴角处一滴、一滴……
滴落在胸脯。触目的红
像刚刚被射中了一粒子弹

惊魂未定时
忽然看见橱窗内几百只的兔头，全都活了
露出了锋利的牙齿

急忙逃之夭夭
因为曾经，我领教过兔子
被逼急后的下场

2020-10-29 黄昏

截肢后的树

其实，它们不断壮大
只想为鸟儿建几所温暖的房子
为弱小的虫蚁造座遮风挡雨的宫殿
为夏日奔波的人们送几分清凉

可有人害怕了
怕它们捅破天，于是
先缴了它们的刀枪，然后
又砍掉它们手脚

它们终于愤怒了
将自己的身体做成了张张弹弓
忍无可忍的时候，它们仍可
将天，射几个窟窿

2019-11-06

井底之蛙

一群井底之蛙
坐在井底高谈阔论
人人牛气哄哄
嘲笑他人是井底之蛙

只有
那棵高过井口的树
在苍茫的天地间
一言不发

2019-09-28

夜晚　春熙路

天还未黑尽
此刻的人间，繁华已拉开了序幕
华丽的舞台灯红酒绿
买醉的，寻欢的，为生活的……
在各自的角色里卖力表演
缤纷的霓虹灯在一旁闪烁其词

我只是一个凑热闹之人
与众多戴着面具的人走在一起
他们着装奇异，满嘴鬼言
心里忽觉悲哀
听不到一句像样的人话

深秋的夜，越来越凉
商店内，冬衣已琳琅满目
穿着裘皮的模特，站在最明媚处
目视远方，眼光冷漠
油亮的皮毛闪耀着野兽的光芒

2020-10-11

此处有埋伏

只因抵不住一朵花的诱惑
在风中，她的惊鸿舞跳得多美啊
我一步步走向她，走向她

就在我与她靠近之时
忽听四面嗖嗖嗖的箭飞来
转眼间，我被射成了刺猬

真不敢相信
这一切发生在光天化日之下
朗朗乾坤

狼狈地逃了出来
在路口处，我立了个警示牌
"此处有埋伏"

2020-11-08

他们下山之后

没了袅袅炊烟
没了鸡犬声声
没了孩子欢笑
山，感觉一下空了，开始魂不守舍
无心修理边幅，草木肆意疯长
即使有漫山妖艳的野花，漫天飞舞的蜂蝶
也安慰不了它一颗孤寂忧伤的心

没了魂魄的还有下了山的人
他们脱离了祖祖辈辈的山，像没了根的浮萍
整日无所事事
满是泥土味的双手学会了
打麻将，斗地主，玩抖音，拿高脚杯喝红酒

下山后的他们没了山人的粗犷豪爽
腰杆也没挺直过，感觉低人一等
连说话声音都要低上三度
没了山给他们撑腰
他们心里就没了底气

2021-03-16

忽然间感觉一阵空虚

昨晚好觉
没心没肺睡至早晨八点

拉开帘子，天空纯净开阔
连西面的四姑娘山都清晰可见

一切皆是美好
天地清明，万物清新，鸟声清脆

看来没什么忧国忧民的事了
忽然间，感觉一阵空虚

2020-08-13

紧握的拳头缓缓松开

月球，被一只有力的脚踢出
自东向西做抛物运动
不知它能不能
冲过网线，闯过隙缝，躲过黑锅

真的，生怕它落下来
我眼睛一直紧紧地盯着它。它每经过
一个树枝，一座高楼，一根电线
都让我手心捏着一把汗

直到它飞离我的头顶
直到它滑过祖国的版图
我紧握的拳头，才缓缓松开

2020-08-02　晚

一只麻雀飞来

仿佛还沉浸在梦魇里
天空沉得让人睁不开眼
光阴不流动，如腐水。灰暗
染污了绚烂的春色
成堆的诗里找不到一句警言
爆破，惊醒昏睡之人

这时候，一只麻雀飞来
它轻轻一跳，扑上，扑下，扑左，扑右
光阴就生动起来了，色彩就旋转起来了
它将枝丫上冒出的词谱成了新曲
声音高亢，辽阔。我看见
好多事物站起来了，也包括我
它像在引唱。不
它更像在引领我们什么

2021-03-12

何为口水诗

酒桌上有人问我
何为口水诗
我回答说
口水诗就是蘸着口水写的诗
又问怎样看待口水诗
我回答说
如果口水干净写出来的诗还行
关键是有些人没有习惯漱口
写出的东西严重口臭
让人闻着恶心

2020-07-31

还有谁，埋葬我

午后闷热难耐
开始，对于余存的氧
我与一条鱼还能和平相处
它吸一口，我吸一口

后来，我和它形成了抢夺之势
它跃出了水面，想打败我
哼，真是自不量力的家伙
一条小小的鱼，怎可与人斗
人是什么东西？可以与天斗，与地斗！

没有任何悬念
最后当然是鱼输了
它漂浮在水面，鼓着一双大眼
身旁一叶枯荷悄悄掩埋了它

没有丝毫的得意
相反，我愈来愈觉得悲哀
我不知道，当我吸尽最后一口氧后
还有谁，埋葬我

2019-09-17　荷韵鱼香

厕所改革

某景点突然红了
每天来打卡的游客人流如潮
关键的关键是厕位紧缺
高峰时如厕的人可以排至一公里外

当初建设家打造时做梦都没想到会这么火爆
这真是个棘手的问题
领导们开了三天三夜的研讨会
听取了到会者们的不同意见和建议

最后大家一致决定
如厕者采取奖惩收费
一分钟内解决的免费，时间越长的收费越高
这种情况主要是针对那些
占着茅坑不拉屎的人

2021-04-12

我是唯一的鲜活

他的目光雪亮、纯净
有神的旨意
审视公交车上每一张面孔
他们或站，或坐，耷拉着头
表情麻木，像冰冷的机器

沉闷的气息，让他
感觉到了极度的不满
开始大哭大闹，无休无止
他年轻的母亲，对他
左拍拍右拍拍，急得满头是汗

我冲着他挤眉做鬼脸
他一下刹住了哭，笑了
经他眼光确认
我是此车内唯一的鲜活

2019-08-13　56路公交车

你为什么还要坚守

立秋后的天气温度不但没降，反而达到了三十七八
摄氏度。夏，在顽死拼杀。

——题记

明知一切已不可挽回
明知江山美人不保
可你，还是在做最后的坚守和抵抗

挡我者死
以一敌十，不，以一敌百，敌千
你，已杀红眼了

你，为什么不学学崇祯皇帝
见大势已去，吊死在一棵歪脖树下
你，为什么不学学唐明皇
为了自保，忍痛交出自己最心爱的妃子

援军的马蹄排山倒海而来
你无法突围了。你说
最后时刻，请赐我一剑

2019-08-11

他们是牧神喂养的羊

这是一处还未拆去的角落
是拾荒者、流浪者、打工者的天堂

他们是牧神喂养的羊
早上齐扑扑地出去
捡垃圾，耍杂卖艺，背水泥砖头
傍晚齐扑扑地回来
生火做饭，喝烈酒，吼山歌

耗子串了这家串那家
风将房屋吹得歪歪斜斜
极像他们摇摇晃晃的人生

一切安静下来的时候，牧神
宽厚的手掌轻轻摸过他们的头顶
并逐一清点，当发现有缺少时
他长叹一声
哎，又被狼叼走了一只

2019-02-24

保卫

这块骨头，一定是来寻仇的
它老奸巨猾，蓄谋已久
更可怕的是，它懂孙子兵法
它深知，我城门的每一个详尽位置

庆祝之夜，众人狂欢
它像一个幽灵，在光影的掩护下
选择我最薄弱的一处城门
狠狠下手

这道城门，最终还是被保住了
但，已是根基不稳风雨飘摇
我得好好加固它保卫它，既要
抵御那些凶残敌人，也要
谨防一些奸诈小人乘虚而入

2015-07-03

变异的油菜花

再也不是高贵纯洁的黄了
那些变异的杂色，在一片油菜地里
分外刺眼，比男人
戴了绿帽子还要刺眼

看稀奇的人指指点点
肩扛锄头的汉子
经过时将草帽一再压低
好像也受到了极大的羞辱

2021-02-24

仿佛觉得很幸福

这一刻，人民公园
遛鸟的、斗地主的、打太极拳的、跳广场舞的
还有
画画的、拍照的、写诗的、谈爱的……
热闹而祥和

这一刻，大洋彼岸
资本主义国家
两个已过古稀的白发老人
为争取同一份工作
仍在全力相互攻击，血拼

这一刻，刚泡好的茶
让薄凉的午后氤氲了一丝温暖
秋天的枝丫上，两只玩耍的猫
你搧我一掌，我打你一拳
仿佛觉得很幸福

2020－10－31

风捂住了我的嘴巴

货车上，一车的公鸡
整齐地站在货框里，雄赳赳的
像赶赴战场的年轻士兵
头顶上的鸡冠像高举的小红旗

它们是第一次进城过年
面对花花世界，兴奋得东张西望
如同刘姥姥进了大观园
对主人心怀无限感恩

很想告诉它们真相
可刚一张嘴，风
赶紧捂住了我的嘴巴

2018-01-31　午后

我爱春天腐臭的味道

一棵春天的树
地面金黄的叶子是它刚落下的
像脱了羽毛的凤凰
在蓬勃的原野里，显得格外悲壮

它本该在万物凋零的秋天凋零
却硬撑到了春天
就像我的邻居绝症患者
医生宣判活不过秋天
可他还是坚持到了妻子分娩
看到粉嘟嘟的女儿后才微笑离开

世间万物总是这样
边在死去，边在诞生。枝丫上
那些刚冒出的绿色小点，在春风里
轻轻摆动，像婴孩嫩嫩的小脚丫
几只小鸟飞来，与它们进行了
关于生命的第一场对话

雨后的空气
既新鲜又湿润，既清香又腐臭
我爱春天清新的味道，也爱
春天腐臭的味道

2021-04-12

春天，成了他的一种痛

弟弟家的这只白猫，老了
春天，不再属于他
爱情，更不属于他

去年，他为争一只母猫和另一只公猫决斗
打了一天一夜，最后还是输了，脸上被抓得伤痕累累
今年，他又是为争一只母猫而战
只几个回合就败下阵了，而且还伤了一只眼睛

想当年，每次春天来临时
他总是威风八面，不可一世
成群的母猫讨好他，谄媚他
而那时，他对她们不屑一顾
只钟情于一只叫思思的小母猫

现在，江湖已没有他的一席之地了
他只能蜷缩在一张饭桌下
看着那些漂亮的母猫逶迤地
从自己身边走过，他也只能一动不动
春天，成了他的一种痛

2017-03-11

雾,退了

像千军万马层层压境
马蹄声,呐喊声,战鼓声……纷纷涌来

我辽阔的疆土啊,一寸寸缩小
四面,楚歌已经唱响

霸王啊,我是否
像你那样自刎,还是
学崇祯那样上吊

突然,一道金光
自上而下。太阳突围而来
雾,退了

2016-11-12

躲在一朵莲里

夏日的天气
是不怀好意的裁缝
将女人的衣裙，一裁再裁

有风，在耍流氓
尖叫声，哭喊声
此起彼伏

而我，唯一能做的
就是躲在了一朵莲里
寻求菩萨的庇护

2016-06-22　荷塘月色

衣柜

我的衣柜，像偌大的后宫
里面住着佳丽三千，姹紫嫣红
她们都是我的妃子

即使这样，我仍然在外面寻花问柳
并把心仪的一个个带回宫。我承认
我是个薄情的王，多情的王，贪心的王

如今，她们大多被我打进了冷宫
有时候想起她们，偶尔也去看看
可每一次
她们哀怨的目光，如一道道闪电
将我的心划开很多细碎的裂纹。让我
痛不欲生

2016-05-28

称重

立夏，我不关心蚯蚓，不关心蛙声
不关心王瓜的藤蔓是否攀爬到了墙上
今天，我只关心我的体重
站上秤，刚好一百斤

十多年前我的体重高达一百一十八斤
从那时起，我就开始减重
首先减掉了轻狂与骄傲，任性与冲动五斤
再减掉了狡诈与虚伪，自私与贪念八斤
最后减掉了庸俗，狭隘，欲望五斤

剩下来一百斤，其中
百分之三十五是二百零六块骨头的重量
为了不让它们萎缩、残缺
我一直不断地补雨露、补阳光
让每一块骨都是铮铮铁骨
身姿像树一样挺拔

还有，百分之八是血液的重量
为了保持它充分的营养
我要求自己身心健康，多开怀，多微笑

少嫉妒，少仇恨，少抱怨

还有，是二十一克灵魂
为了让它保持高贵和纯净
我时时在忏悔自己，告诫自己
不受诱惑，不贪名利，远离浮华
懂得慈悲，懂得感恩，懂得谦卑

余下的，就是脂肪了
这一点，我不能再减
这个世界，天灾、人祸、疾病、污染太多
我不能弱不禁风，必须
抗得住风霜与雪雨
经得住失败和打击

2016-05-05　立夏

新年第一天

新年第一天
收到许多批发祝福，堆积如山
看起来多么绚烂，多么温暖
可为什么
我仍感到寒冷

唯有你
亲口说"新年快乐"，是我
听得见的心跳和气息，是我
收到的小欢喜，小甜蜜

拉开窗帘
苍茫的大地上，厚厚的霜
惨白而悲凉。啊
我爱这惨白的人间
我爱在辽阔的悲凉

2021-01-01

浴足

点、揉、按、压、捏、推……
胀啊，酸啊，涩啊，痛啊

这里是泪回流汇聚的地方
这里是气逆行拥堵的地方
这里是血瘀积停滞的地方
哦，还有这里，是因为你的不妥协

浴足师每点按一个穴位
像解说员熟练地说出解说词一样
他的眼睛像装了一台CT机
轻轻一扫描就看出了问题所在

人不能太逞强，得顺其自然。浴足师说
整整九十分钟
他帮我耐心疏导并循循善诱

他的手法确实精妙
不一会儿，我听到了冰河解冻的声音
接着，有清风、鸟鸣、花香缓缓注入。甚至
我还听到了春天的马蹄，奔腾而来……

2021-04-08

冷兵器

其实，真正的高手从来不需要带任何武器的，祂的眼神与气势，就藏有十八般武器，可慑退千军万马……

——题记

箭

箭是穿越神话来的。

阿波罗和奥德修斯，一生都佩有弓箭。

后羿射日，十个太阳被他射下九个，成了大英雄。由此，赢得了嫦娥的爱情。

箭，在三万年以前旧石器时代晚期，就立足了天地间了。

那时，简单的人，简单的心，制作了简单的箭。用一根树棍或竹竿，截成一定长度的箭杆，在一端削尖就是箭了。

之后，人越来越聪明，发明了各种各异的箭。

如，弩箭，兵箭，响箭，鞭箭，骨箭，铁箭，月牙箭，梅针箭，柳叶箭，连珠箭，三叉箭……

于是，我们开始生活在枪林箭雨的江湖。

最难防的是暗箭；最可怕的是蜜箭；最痛苦的莫过于万箭穿心……

最阴险的是箭头被喂过毒的箭，一旦射中，必死无疑，除非华佗再世。

而冷箭，多半是小人所为，怕被逮住，所以，放一箭就跑。

你还得警惕响箭，响声之后必有动作，

请万倍当心。

刀

刀，必须见血。

所谓白刀子进红刀子出，没有见过血的刀不叫刀。

无论砍、削、刺、劈，从来都是直截了当，不拖泥带水。

刀有小刀，飞刀，大刀，每一种都能将人置于死地。

使用小刀杀人，是属个人恩怨。杀父之仇，夺妻之恨。一刀扎入要害，干净利落，一了百了，快意恩仇。

使用飞刀杀人，多是江湖人士，武功高强，动作熟练。如小李飞刀，会直线，会拐弯，嗖嗖嗖，三声响过，百步之外，人已倒地而亡。

使用大刀杀人，除刽子手外，多属国恨家仇。子弹没了，就用大刀，狠狠地向敌人砍去。一刀一个人头，血染江河，大地颤抖。

刀光照见之处，令无畏者更加无畏，怯弱者更加怯弱。

剑

剑是从刀分离出来的，是刀的精品。

刀是单刃，"百刃之胆"；剑是双刃，"百刃之君"。

剑，高贵、典雅、神秘。它招法优美，动作轻盈，招式迭呈，如飞凤，如游龙……

古代的帝王将相喜欢它，道士喜欢它，侠客喜欢它。

刺客也喜欢用剑。他先在大堂上表演，快挑几朵剑花，旋转几个腰身，连翻几个跟斗，待人们兴高采烈时，突然一剑刺向目标。可往往被刺杀者保护的人多，没刺中，反而被擒住。

因此，剑不仅仅有侠气，也有悲壮，如"风萧萧兮易水寒，壮志一去兮不复还"。

剑，不是用来威武扬威的。

飞扬跋扈的人最可悲，常常不知，最后刺死自己的却是自己的剑。

江湖高手比武，不一定带剑。如段氏的六脉神剑，只需用指尖的内力隔空激发出去，指力所能及的地方，如一柄无形的剑，剑气急如电闪，迅猛绝伦……

剑，是佩剑者的生命。

剑是君子，小人不配。

长枪

没有比它更快速、更迅猛伶俐的了。

数米之外，高高跃起，挑、刺、扫一气呵成。银光一闪，枪尖已入敌喉！

长枪，不愧为百兵之王。

杨再兴的杨家枪，虚实兼备，刚柔相济，出招时锐不可当、虚实相生，回撤时迅疾如风，稳重而大气；扎枪则如箭脱弦，疾走一线，瞬间吞吐，力似奔雷闪电，快捷而迅猛，把番兵杀个片甲不留……

岳飞的沥泉枪，招招制敌，一击必杀，防中带攻，攻中设防，使敌人无还击之机。尤其是"大漠孤烟"和"长河落日"两样绝技，让敌人丢盔卸甲……

赵子龙的龙胆枪，与敌军大战五六十回合不落下风，在长坂坡之战，七进七出枪杀曹军五十余将护住阿斗性命。汉水之战使用"空营计"，孤身解救黄忠，大败敌军……

还有马超的长枪，在三国演义中的通关之战，让曹操很是狼狈不堪，那一战打得曹操割须弃袍，丢人现眼……

我们都需要一把长枪。

为保卫，为战斗。

铜

铜，是百兵之君。

古代冷兵器中，它是唯一被称为"善器"的武器。因为它，从不以利刃喋血杀人。

它，诞生在晋唐之间，以铜或铁制成，长条形，有四棱，无刃，上端略小，下端有柄，形似硬鞭，但锏身无节，锏端无尖。

它，分量重，杀伤力非常可怕，即使隔着盔甲也能将人活活砸死。

不是所有的人都能拿得动锏的。使锏之人必须力大无穷，上磨、下扫，"雨打白沙地，锏打乱劈柴"猛而快。

擅使双锏的宋代岳家军将领牛皋，八贤王赵德芳，最有名的是隋唐名将秦琼用两条一百三十斤重的镀金熟铜锏和一匹黄骠马，在山东得了个"马踏黄河两岸，锏打三州六府，威震山东半边天，神拳太保秦琼秦叔宝"的美名。

锏，不仅用以战阵，做搏击的利器，也是公正和威望的化身，可以上打昏君，下打谗臣。

所以，使锏之人必须领悟锏法的最高境界，必须秉持一颗大公无私的心。

而撒手锏，不要轻易亮出，它是最厉害的招数，是克敌制胜的绝招。

必须要在最紧要最关键的时刻，快！快拿出你的撒手锏！

戟

戟，是戈和矛的产物。

好兵喜乱的蚩尤，在三千多年前就把两个毫不相干的兵器戈和矛组合起来，成为了戟。

但，戟，青出于蓝而胜于蓝。

杀伤力胜过戈和矛。不但能钩啄，还能直刺、横击，奋扬俯仰。

用戟者，皆是力大无穷之人。如，三国中的典韦，在曹操伐吕布的濮阳之战中，手提八十斤的双戟，击退四将，立杀十数人。

戟，不仅仅是武器，也是和平的使者。

《三国演义》第十六回，辕门。吕布射中画戟，避免了袁绍与刘备的一场厮杀。

唐代以后，戟被枪渐渐取代了。只是一种表示身份等级的礼兵器。

可，千万不能忽视它。

狂妄骄傲自大者，一旦得意忘形，往往会折戟沉沙。

更不能大意，看似风平浪静，其实是，剑戟森森。

鞭

鞭有软鞭和硬鞭。但软鞭比硬鞭更霸道。

硬鞭多为铜制或铁制制作，沉重，太过笨拙，像莽汉只会用蛮力。

软鞭多为皮革编制而成，是一条灵蛇。它可以对付比自己更坚固更庞大的重武器，可以一举打碎护心镜，威力强大。

软鞭有七节鞭、九节鞭、十三节鞭，但最厉害的是以人之一臂加肩宽长度的短鞭，其形短小，用时灵活多变，出其不意置人于死地。

伍子虚，尉迟恭，呼延家族……将鞭舞得虎虎生风。

鞭讲究纵打一线，横打一扇。打出时要刚，要快，如猛虎出笼；收回时要软，要柔，如虫进洞。所以，用鞭者一定要鞭法清晰，步法稳健，鞭随身转，亦随步换，收放自如，快而不乱。

不要缠绕不清，要决断，否则，打着的而是自己。

2018-11-12

名家点评

　　茶心是一个奇迹，虽不能说一半是海水一半是火焰，但称她为一半是玫瑰一半是霹雳还是可以的。一个女性诗人细腻入微，柔情似水，哪怕细腻到为母亲洗澡，都"不敢丝毫用力，生怕用力一次，她的身子就会缩小一圈，最后缩小成一个小点"的程度，都还没超出女人的天性；但就是这么一朵玫瑰似的女性，却满腹刚烈，一身侠气，对人世间的邪恶、丑陋和林林总总的"流行病毒"，都疾恶如仇，霹雳掌似的直击要害，直逼真相，以至某天"看来没什么忧国忧民的事了"，都会"感觉一阵空虚"，这就不是一般女性所有的了。

　　茶心俨然一株植物。但是茶心绝不是只喝素茶的，她也喝烈酒，喝咖啡，清醒，迷醉，炸裂，燃烧。对爱情、亲情的感悟，对良知的警醒，对生命的体悟，对荣衰的透脱，都入骨入髓。于是我想说——

　　茶心，一个活鲜鲜的虽有明显缺陷，但依然每时每刻都以不可捉摸的目光洞悉岁月、捕捉诗意的蒙娜丽莎。

　　茶心，一个活脱脱的将"寻寻觅觅、冷冷清清"和"生当作人杰"奇迹般地融于一体的现代版的李清照。

　　——杨牧（诗人，原《星星》诗刊主编）

茶心的诗是带刺的。她刺激着某些社会不公和复杂的世道人心，见出真性情。她的批判往往在瞬间感受中完成：一种场景，一种个体行为，或者一个喻言性的故事，承载着她尖锐的思想。她的诗大气、率性，不风花雪月，不洞烛幽微，不玩弄意象，不绕语言弯子，不为发表而迎合某种习尚，具有清晰的辨识度。在生活中，她似乎不谙世事，爱憎分明，直言快语，却反而能与人亲近。作为女性，其实茶心是温暖的。只要看看她写母亲、写亲人，写底层社会生活和普通民众的那些作品，就能读懂她的内心。她热爱自然，或品茶赏花，登高望远，或结伴留影，诗酒人生，总是让美丽留住时光。

——曹纪祖（诗人、诗评家，四川省诗歌学会会长）

茶心的抒情总是能在自己内心的情感深处找一个切口，让诗意慢慢地流出来，并且，她善于在我们熟视无睹的生活中发现深藏于内心的诗意。在离我们的情感世界最近的地方，直接地抒情，在今天，其危险程度绝不亚于各种风险系数极高的诗歌探索，而茶心便是这样一位不怕危险的人。她的坚守更像是一位在秋天仰望人类这棵大树如何落叶的人，大多的落叶已经被众多写诗的人拾走，她却在默默地看着树梢上仅存的那几枚树叶，如何落下来，如何在人们内心情感的水面上泛起涟漪，而后，把它们写成诗。

——龚学敏（诗人，《星星》诗刊社社长）

女诗人茶心是有奇思与捷才的。这样的天赋转换、对赌到她大体量的诗歌里，是镶嵌在词与物之间的心跳、温软与细腻，是浪漫现实主义人生哲学的素常如植物的故事生发，是一种客家人的自信与不自信——既大胆迁徙扩张又退缩到土围子以求自保。换一个说法，她的诗从容、亲切，在你进入慵懒的安逸态势时，再给你来个意想不到的脑筋急转弯。

——凸凹（诗人、小说家、编剧，四川省诗歌学会副会长，成都作协副主席）

茶心的诗是真实、质朴、美好，深情的，重要的是，她像一个冷静的医生摄取日常生活的点滴，也像医生一样将生活切片、化验、分析、下结论，所以说，她的诗道出了"事件"的真实！（如果说，生命是不断连续的事件的话）。这就是最终的"真实"之诗！她的"真实"在于，没有像其他的诗人痴迷于语言，没有用语言的迷雾去遮掩，修饰，点缀，而是赤裸她的"坛子"（华莱士·史蒂文斯的《坛子轶事》），袒露在生命的旷野里。茶心的诗的另一个品质就是，她的诗有一种纯净的爱，动人心魄的同情心——家庭，父母、情人、儿子、动物……而多年来，这些品格已被故作"先锋"的诗人们所丢弃，或弃之高阁，她捡了回来，给予了我们人间的温暖。

——邓翔（诗人，四川大学教授，四川大学经济学院副院长）

茶心和天下的好女人一样，是女儿、是爱人、是母亲、是知己、是亲人、是女人花、是可以托付的人。但又有所不同：茶心是诗人，而且是一个很好的、有温暖、有骨气的诗人。茶心的诗，没有女诗人通常容易患上的那种文艺腔，真实，硬朗，隐隐有丈夫气。这个嗜茶入心，告诉"祖国""我很乖"的人，偶尔会像"截肢后的树"或"钉子"一样，戳得世界发痛！

——向以鲜（诗人，四川大学教授）

诗歌所为，无非人情。爱、慈悲、暖意。茶心的诗歌一直如此，她有着世事的重与心灵的轻。于细微之间觉察诸般善意，在细雨花露内里体味幽光。这样的诗歌，其实是每个人都在经历，而茶心观察独到，俯身即诗，至为难得。

——杨献平（诗人、作家，《四川文学》副主编）

茶心的诗，具有雪刃劈柴、指心见性之力。她祛浮泛、汰伪饰，回到了语言伸卷自如的状态。同时，她也像一名战地记者，真实细腻地铭记了自己的情感史与生活史，在现场经验和对生活观念的反复闪回中，她的感知力与社会心态史在发生互嵌与共振，我又遭遇了一次富有深意的"诗歌考古学"临床。

——蒋蓝（作家、诗人，中国作家协会散文委员会委员，四川省诗学学会常务副会长）

诗人茶心待我如兄弟，不仅因为我们以相同的名字行走人间，更因为我们都热爱文字，一根叫诗歌的血脉将我们紧紧相连。多年来，我喜读茶心的诗，非只源于她细腻的情感呈现和娴熟的语言驾驭能力，我更重视她的诗歌视野，她将自己的笔触放得很低，低于那些青史，低于那些浮云，低于那些宏大叙事，甚至几乎不用大词，一如她的笔名之意："人在草木间，我心自翩然"，她让灵魂的高蹈乘着炊烟、节气、雨水和露珠返回尘世，在一些轻盈的分行文字中紧贴了大地，紧贴了苍生，紧贴了草木、虫鸣和万家烟火，紧贴了内心。

——王国平（作家、诗人，中国诗歌学会理事，四川省诗歌学会副会长、成都市作家协会副主席）

"情性所至，妙不自寻"。茶心的诗就是性情的产物。她看见了什么，什么便入诗；她想到了什么，什么就关情。她仿佛只想通过"我"的视角和对万物的原生态呈现来获得充分的心灵自由和诗意自由，章法于她，似乎了不相属。有时你大可指认她是散乱的，但在她这里，乱可能就是一种秩序。她就这么任性，你拿她一点办法也没有，也许正因为如此，才让我们的期待有了更多的可能。

——蒲小林（诗人，四川省诗歌学会副会长，《诗刊》遂宁创作基地主任）

语言的芳香游走于季节枝头，或春雨，或花英，色彩与温度构成月光，透过水的清澈，任叶脉在诗歌的吟诵里弥漫，然后静静聆听《一盏茶心》的心跳。

——牛放（诗人，四川省作家协会副秘书长，四川省诗歌学会副会长，原《四川文学》主编）

茶心之诗，正如其笔名一样，款款地弥散着"茶之心"般返璞质地，朗现出一种生命"归真"的诗学旨趣。她的诗，化繁为简，用一颗通透空灵之心，一览纷繁生活和芸芸之众的素朴底色，而终于命运之苍凉刻痕和绵长重量，并久久地充盈着直达"存在"真谛之辉光。

——王学东（诗人，西华大学教授，博士，西华大学文学与新闻传播学院副院长）

诗人茶心以亲情、友情、爱情、乡情等为情感的维度，以婉约细腻的诗歌意境为唤醒沉沦的笔触，渴望淳朴无私的大爱，渴求人性的真善美在诗行里熠熠生辉。一诗一茶一世界，岁月如茶，生活如茶，茶暖情深，仿佛茶语人生般的诗歌张力推开一扇扇迷茫心扉，启迪着读者领略到大千世界的美好和生命的本真。

——李自国（诗人，四川省作协主席团委员，四川省诗歌学会副会长、《星星》诗刊编审）

茶心若生活在古代，一定是一位侠女，以剑抒情，快意江湖。今天的茶心，宿命中的客家诗人，已无剑可仗，只能梅枝做伴，以词语为剑，精准地刺向诗意的核心，带着生命本身的觉悟和对日常经验异乎寻常的敏感，把骄傲的心灵推向澄澈之境，使她的诗歌拥有古典与现代平衡的力量。

——李龙炳（诗人，《草堂》编辑）

诗人茶心的确有一种难得的茶的状态，这种状态形神皆备、心澄意澈、涵容万物、动静自如，这是经由事之历练、情之淬炼、心之修炼的结果。具备了这样的品质，诗人可以放得很松，腾得很空，看得很深，走得很远，所谓"心游万仞，精骛八极"是也。因此，当我们读茶心的作品时，最大的感受是她的抒写落拓无羁、飒飒生风，没有任何障碍和压抑，没有不能入诗的元素或题材，总能游刃有余、下笔成篇、浑然天成，不得不令人叹服和钦羡。

——印子君（诗人）

要评点茶心的诗歌，我有些迟疑。像面前的枝条垂挂一长串露水，它们朴素、简净、本真，怀着透明的初心和诚意。对闪烁光亮的露珠既不能批评，也不能简单赞美，最恰当的方式是保持巨大沉默，静静感知那源于天然的生命微澜和心灵温度。

——曹东（诗人）

茶心不是一个可以随便的人，作为诗人的茶心和她的诗歌写作更是如此。读茶心作品的时候，我常常想起的是两个偏正词组：赤子之心、赤子之作，茶心写给父母亲情的诗尤为动人且经验独特；茶心是个女诗人，她的作品却没有忸怩之态，相反还有股不可遮蔽的豪气和粗粝；茶心努力在拓宽自己的写作边界，也写出了成功的作品，相信她会越走越远。

——山鸿（诗人）

茶心是具有强大原创力的诗人，追求诗的本真，她的诗都来源于真实的生活、真实的情感、真实的心灵，包容着她创造性的生命发现，在平凡的叙述中抖落出美好的人性。她以对生活的写实，来达到对生命的完善，她写父亲、母亲、儿子、爱人等亲情爱情，这些诗写感人至深，牵引着你，揪扯着你，让人想起自己的一些经历和感受，心会突然地抽紧，甚至莫名地想哭。她写山写水，写走过路过的一切，写大环境下的社会现实……她让我们感觉万物的生命表情和神性的意味，因而诗在她这里不仅仅是诗，而是生命与生活的存在。她更加立足于具体事件或具体的情感，每首诗都有着清晰的根基，就像大理石之于雕塑，生活是她的大理石，诗就是她的雕塑，这就是她作为诗人的意义。孟子曰："充实之谓美。"这话用于茶心的诗歌正如是。

——宫白云（诗人、诗评家）

她是个多情而诗意丰满的，怀揣真性情的女子，她几乎双重性格的特质随时将她的思想放在一种叫作天性的敏感尖锐的语言上煎熬，时而温婉如玉，时而又侠骨柔情。好一个多情的女诗人。她喜欢行走，喜欢随意人生，喜欢亲情，我记得她写过很多首关于母亲的诗歌，是浓墨重彩的部分，那些柔情似水的诗语言，像一湖深潭之水，她的心被深深地包裹在这潭水之中，仿佛永远表达不尽的深深思念之意，可以把读者的想象吸进这深水之中，无以言表，无以自拔。

对了，她还喜爱行走四方，去探究大自然中四季抖落的不同风景，悲苦与禅意。

她诗歌中另一个特点，非概念化的表达，通俗的语言，仿佛银色般的鞭子噼里啪啦的，将四方游人与景色从四面驱赶到她的麾下，并且不紧不慢的，像一个从古代走来的女侠客。有时她诗歌中的口气，像两把黑弯刀突然左右挥舞朝暴雨劈去，人们不解这孤零零的风景从何而来，有时为一只飞离的鸟忧心忡忡。

她的语言是独特的，无人能模仿，那些句式总是反射着与内心的世界相粘连，每一次下笔，都能感悟到她总能带动内心的一掬海水作为紧紧的依归，好像一个庞大的矿产等着她去探究，总是在这样的语言里带进带出。随着写作的更深入，她的诗歌语言越来越清晰、丰盛、宽广，甚至说它是可以撩起读者内心的波澜或者特有的能共鸣的气场。

——绿袖子（诗人）

茶心的诗，在对万事万物的书写过程中，那些细微的触觉，如此简单、忧伤、孤独而温暖，深深打动了我。

——金铃子（诗人、画家）

人间最无私的爱，是父母对儿女的爱；人间最深厚的爱，是儿女对父母的爱。茶心在"温暖的刻度"一辑里淋漓尽致地表达了一个女诗人最质朴最真诚的情意，读来万般感动，为她和她的老母亲深深祝福！

——霜扣儿（诗人）

欣闻茶心要出诗集，在这个年月实属不易。不是因为骨子里有诗的基因，是不会在诗歌日渐边缘化的当下而迫切需要这种仪式感的。应该说读过茶心不少诗，她在朋友圈发的诗基本都读过，有诗中花木兰的感觉。诗是一个人的心性与态度，这是诗人的本质特性，人之不同而诗之各异。"温暖的刻度"是她的亲情诗专辑，温馨的骨肉之情，生活化的诗，诗化的生活，甚见品质。"玫瑰的色彩"是她的情诗十八首。茶心曾在她的结婚纪念日发过一幅照片，母鸡在前，雄鸡在后，妙不可言，她的自信与幽默让我记忆犹新。"灵魂的花朵"专辑是一个慈悲之人的恻隐之心，是对一个人良心的考量。茶心将自己推到了前台，温暖如春。"流淌的山水"是她的见闻录，诗人本就是独一无二的风景，人在景中，景在她的诗中。成都是休闲之都，美食迷人，她的"季节的光盘"从节气切入而反映如歌的行板一样的生活，不止有茶有美食，更有酒有友情。"生活的皂荚"则是对社会的解剖，其花木兰的形象就是在读她这类诗时浮现出来的。其诗的尖锐度和切中要害的能力在女诗人中也甚是鲜见。其诗语言精准，意象鲜明，甚有内在的逻辑之美而气韵生动，富有才情的表现力，尤其是她写诗的由头和处世的态度都是不可多得的亮点，让她的诗越发明亮起来。

——空灵部落（诗人、诗评家）

这分明是一部浓得化不开的情诗集。

——写亲情之甜：母爱之情，如《水边母亲》《苹果》《梨儿真甜》等；父爱之情，如《父亲的云朵》等；夫妻之情，如《栀子花的爱》《他说，甜着呢》等；手足之情，如《哥哥的橘园》《无花果》等；舐犊之情，如《请回头看看我们的皱纹和白发》《儿子婚礼记》；等等；用水果的意象表达亲情的甜美，真是一种匠心独具的选择。

——写爱情之烈："书生呀，我不是／你在忘川河畔等了千年的人／今晚，我是你的妖"……情到深处，人可以为妖，这是不是聊斋故事茶心版；爱至疯狂，就势如熊熊烈火，熔化世间之物；而致爱，又当抑制如留白，回味无穷。

——写万物之情：裁缝、补鞋匠、快递小哥、吹泡沫的小女孩、哭泣的小孩、卖豆花的女人、卖土豆的女人、扫落叶的女人，环视众生，由悲悯、同情油生敬畏、怜爱，似得杜子美之真传；而把自己的情思赋予黑蝴蝶、一条失眠的鱼、流浪狗及至野草、稻草人、禅石、只需往左移动三尺的椅子，如此等等。我相信，每一位读者是会在《一盏茶心》中感知着情之真、情之深、情之切的。这本诗集见证了一个事实：情诗，是用生命写成的。

——老房子（诗人，中国检察官文联文学协会副会长）

跋

开始是没有准备写跋的。本诗集收录了近200首诗，已承载了我的全部情绪和思想，不需要再多说什么。

其实，刚开始写诗时，根本没打算出诗集，只是为写着玩，充实自己的生活而已。何况这年头出书的人太多，作者比读者还多。大多的现代人喜欢刷抖音，玩自秀，打麻将……这是文字的悲哀。

后来越来越喜欢写诗，某天一清点竟然有上千首了。就像一直埋头爬山的人，爬着爬着竟然不知不觉就到达了山顶。

于是有不少朋友建议，你该出本诗集了。

原以为出诗集是件简单的事，只需收纳整理归类就行了。想不到，这里面的诸多艰辛只有出过书的人才知道。

在千首中，不断地筛选，最后选了175首。再不断地修改，挑选，反反复复，花费了大半年的时间。

朋友维景说得好，出书其实是第二次创作。在整理修改的过程中，才发现诸多的不如意，诸多的毛病。就连最后一次检查，也还发现了一些需要修正的地方。

这本诗集即将面世了，我仍然忐忑不安。

一遍又一遍地看，不放过任何一个细节。首次出诗集，就像首次嫁女。我必须好好地里里外外检查她的衣裙、鞋袜，以及每一样佩饰和色彩、款式的协调性，还有对她的叮嘱和教诲。

她是我十年培养出来的最尊贵的公主。

她是金贵的，每一字每一句都渗透了我的心血。她有自己独特的个性，不模仿，不随俗，不搔首弄姿，不装腔作势，不阿谀奉承，不弯腰屈膝。简洁，内敛，含蓄，有时也犀利。

最后以一首诗《一盏茶心》为这本诗集画上句号。

一盏茶心

不要只仅仅将她看作普通的叶子
她来自山林空谷，是有心的。这颗心
曾历经水火，和千锤百炼
她不断地升华，不再是昨天的自己

你见她之前，需要
解下佩剑，净手。走过开满鲜花的庭院小径
然后躬身进入一道圆门
跪坐在莲花垫上，静静等候

大师的一双巧手

如佛拈花。煮沸的春雪里

她将芬芳一片片打开，每条纹脉

都是她活过的风雨

你品味她时

需要朝圣者般的虔诚

抛开世俗纷扰，更不要有一丝邪念

一盏茶心，也是

一颗禅心

2021-03-28

　　特别致谢：多次帮忙整理诗稿并用心为诗集作序的徐甲子兄长；诗人、中国诗歌学会副会长、原《星星》诗刊主编杨牧老先生；现《星星》诗刊社社长龚学敏；四川省诗歌学会会长、诗评家曹纪祖；四川省诗歌学会副会长、诗人、四川大学教授向以鲜；四川省诗歌学会副会长、诗人、小说家、编剧凸凹；作家、诗人、中国作家协会散文委员会委员、四川省诗学学会常务副会长蒋蓝；作家、诗人、四川省诗歌学会副会长、成都市作家协会副主席王国平；四川省作家协会副秘书长、四川省诗歌学会副会长、原《四川文学》主编牛放；诗人、四川省诗歌学会副会长、《诗刊》遂宁创作基地主任蒲小林；诗人、四川省作家协会主席团委员、四川省诗歌学会副会长、《星星》诗刊编审李自国；诗人、四川大学教授、四川大学经济学院副院长邓翔；诗人、西华大学教授、西华大学文学与新闻传播学院副院长王学东；诗人、散文家、《四川文学》副主编杨献平；诗人、《草堂》编辑李龙炳；以及著名诗人印子君、曹东、山鸿、金铃子、宫白云、绿袖子、霜扣儿、空灵部落、老房子等23位老师对本诗集的褒奖！没有他们的厚爱与着墨，此诗集将失色许多。

茶 心

2021年3月28日于幸福梅林